산사 가는 길 · 2

산사 가는 길·2

◆

글·사진

조낭희

눈빛

조낭희(趙郎熙)

1963년 경북 상주 출생

계명대학교 국어국문학과, 경북대학교 철학과 대학원 졸업

글쓰기 이론서로『엄마, 쓸 게 없어요』,『어머니를 위한 어린이 글쓰기 지도』

산문집으로『그리운 자작나무』『산사 가는 길』『산사 가는 길 2』가 있음

2016년『산사 가는 길』로 대구문학상 수상

한국문인협회·대구문인협회 회원

대구 범어도서관·고산도서관 상주 작가

산사 가는 길·2

글·사진 조낭희

초판 1쇄 발행일 —— 2021년 9월 23일

발행인 —— 이규상

편집인 —— 안미숙

발행처 —— 눈빛출판사

　　　　서울시 마포구 월드컵북로 361 14층 105호

　　　　전화 336-2167 팩스 324-8273

등록번호 —— 제1-839호

등록일 —— 1988년 11월 16일

출력·인쇄 —— 예림인쇄

제책 —— 일진제책

값 17,000원

Copyright ⓒ 2021, 조낭희

ISBN 978-89-7409-980-0　03800

머리말

선명하게 잡히던 것을 좋아하던 때가 있었습니다. 불교 서적을 읽고 스님의 강론을 듣기도 하고 틈나는 대로 염불을 외며 일상을 변화시켜 보려고 애쓸 때였습니다.

날마다 백팔배를 하며 부처님 세계로 다가가기 위해 스스로를 다그치다 보면 잘 익은 저를 만날 수 있을 거라 확신했지만 수행의 길은 멀고도 힘들었습니다. 무명의 숲에 가려 욕계와 색계, 무색계에서 벗어나는 일은 결코 쉽지 않다는 것을 깨달았습니다.

날마다 백팔배를 해야 한다는 의무감에 사로잡혀 내 안에 타고 있는 탐, 진, 치 삼독의 불은 제대로 보지 못했던 것입니다. 잡힐 듯 잡히지 않는 부처님 세계, 좀더 이상적인 스스로를 향한 열망들, 이 모든 것들조차 욕심과 집착이 그려 놓은 큰 그림이었다는 것을 알게 되는 순간 또 다시 혼란스러웠습니다.

세상에 존재하는 모든 것은 각자 생존법이 다르듯, 가치관이 다른 사람들이 살아가는 다름의 사회를 있는 그대로 인정하기까지는 꽤 오랜 시간이 걸렸습니다. 내가 짊어진 습과 업, 세상 모든 아픔에는 그만한 이유가 있다는 것을 깨닫고 나니 기도의 중요성과 방향도 보이기 시작합니다.

이제는 조급함을 버리고 마음이 흐르는 쪽으로 편안하게 나를 맡기기로 했습니다. 처음 절을 찾아가던 그날처럼 설레고 두근거리는 마음으로 부처님 앞에 서고 싶습니다. 그러면서 섣불리 체념하거나 욕심 내지 않고 언어를 수행의 도구로 삼아야겠다고 다짐해 봅니다.

새벽 공기의 상큼함과 산새들의 지저귐, 뒤이어 떠오르는 태양, 날마다 빚어지는 일련의 풍경 속에서 살아가는 하루하루는 큰 축복입니다. 앞으로 나와 이웃들에게 좀더 따뜻한 시선으로 다가가고 큰 세계에 닿을 수 있기를 희망합니다.

두 번째 책이 나오기까지 격려해 주신 소중한 인연들에게 고마움을 전합니다. 힘든 시기에 묵묵히 절까지 동행해 준 영원한 내 편인 남편과 믿음을 가지고 연재를 지켜봐 주신 경북매일신문 최윤채 사장님께도 깊이 감사드립니다.

2021년 수국 지는 칠월에

조낭희

차례

소중한 것은 네 곁에
청도 운문사

지난밤 꿈에 그가 하얗게 핀 파꽃을 안고 찾아왔다. 안부를 물어야 하는데 그만 가위에 눌려 잠을 깨고 말았다. 더 이상 잠들지 못하고 정원으로 나갔더니 젖은 달빛 아래 귀뚜라미 울음만 절절하다. 잔디밭이나 바위 틈, 담장 너머 강아지풀숲까지 장소를 가리지 않고 넘쳐 흐른다. 눈부신 한때를 위한 이 장엄한 합창들이 오늘따라 참으로 숙연하다.

고요의 겹을 벗고 아침이 열리는 시간, 운문사(雲門寺)로 향한다. 미처 가슴속에서 떠나보내지 못한 것들과의 재회는 시간이 지나도 아름답다. 그런 기억들이 사라질까 두려워 우리는 가슴속에 애틋한 시구(詩句) 하나쯤 만들어 두고 싶어 하는 것은 아닐까. 비록 그때는 힘들었다 할지라도.

운문댐의 수위와 물빛은 계절마다 달랐고, 봄날의 벚꽃은 언제나 내 늑골 사이에서 통증을 일으키며 피고 졌다. 보슬비의 속삭임이나 여름날 폭풍우의 거친 숨결조차 나를 위무하던 곳, 크고 작은 외로움이 방점처럼 찍히는 날이면 무작정 달리던 길, 이 길은 모든 것을 기억하고 있다.

신라 진흥왕 18년(서기 557년) 신승이 창건한 운문사는 '대작갑사(大鵲岬寺)'라 불리다 고려 태조가 '운문선사(雲門禪寺)'라 사액한 뒤부터 운문사로 불려졌다. 지금은 승가대학과 대학원, 율원과 선원을 갖춘 전국 최대

비로전 앞 동·서 삼층석탑(보물 678호).

규모의 비구니 교육 도량으로 알려졌지만 관광지화한 여느 사찰과는 다르
다. 호거산 아래 스스로를 가둔 듯 세상으로 열려 있는, 활짝 핀 연꽃 같은
사찰이다.

　미혹으로 결박당한 사람의 눈에는 보이지 않는다는 비로자나불, 그 아래
무릎을 꿇고 백팔배를 하노라면 이내 지혜의 눈이 떠질 것만 같다. 색 바랜
단청과 오래된 마룻바닥이 주는 편안하고 정갈한 기운들, 비로전을 지키는
동서 삼층석탑과 담장 너머 불이문의 세계를 상상하는 일도 또 다른 즐거
움이다.

까치 떼가 땅을 쪼는 곳에 절을 지었다는 운문사의 전신인 대작갑사를 떠올리게 하는 작압전(鵲鴨殿) 앞을 지나노라면 작은 공간 속에 나를 맡기고 싶어진다. 두어 시간 정도는 온전히 나를 버릴 수 있기를 희망하며. 가부좌를 하고 앉았노라면 백팔배를 할 때와는 또 다른 기분에 젖어 드는 자신을 발견하게 된다.

천연기념물로 지정된 500년 수령의 처진 소나무나 젊은 후박나무의 늠름함 앞에서 일상을 돌아보고, 불이문 앞을 지나다 젊은 스님이라도 만나 공손하게 두 손을 모으면 만다라의 세계가 그리 어렵고 멀지 않다는 생각이 든다. 아름드리 전나무길과 노송들이 늘어선 솔바람길을 걸어나올 때쯤이면 내 안에서도 맑은 샘물 소리가 들린다.

이제는 새로운 만남보다 이별을 경험하는 일이 훨씬 많아졌다. 투병하는 그를 데리고 이곳에 오겠다던 약속은 지키지 못했다. 세상에 덩그러니 남아 있을, 주인 잃은 약속들이 모두 하늘에 올라 별이 되어 빛나기를 빌어 본다. 건강했던 그가 어느 틈에 내 곁에서 걷는다.

생전에 그도 이 길을 걸었을까. 나처럼 홀로 핀 쑥부쟁이와 사진을 찍고, 미간을 찌푸리며 전나무 꼭대기에 걸린 하늘을 올려다보았을지 모른다. 부르는 소리가 들리는 듯하여 몇 번이나 뒤돌아보기도 했을 것이다. 한 줄의 편지글조차 닿을 수 없는 아득한 허공, 때로는 숨소리가 들릴 만큼 가까운 지척에 그가 있을 것만 같다.

백팔배는 그를 위한 기도로 시작되었다. 땀이 흐르고 몸이 젖는다. 이따금씩 무릎 관절이 경고를 보내오지만 멈출 수가 없다. 내가 없어지고 젖은 몸이 바다가 된다면 후련해질까. 그는 자주 썰물이 되어 내 가슴에서 파도친다. 잘 지내느냐는 흔하디흔한 한 마디를 어디에다 전하랴.

돌담을 배경으로 핀 능소화.

버거울 정도의 아픔이나 고난조차도 누군가에게는 사치로 보일 수 있다. 힘내라는 말만 되풀이하다 돌아오는 날이면 나의 헐벗은 문장들이 마른 나뭇잎마냥 밤새 떨다 잠들곤 했다. 오히려 상대편의 빠진 머리카락과 창백한 얼굴, 말을 아끼는 눈빛 속에 훨씬 깊고 쓸쓸한 문장들이 설산처럼 쌓이곤 했다. 그가 떠나자 많은 추억들이 경전의 마지막 문구처럼 내 안에서 종소리가 되어 울린다.

인연이 깊든 얕든 누군가를 떠나보내는 일은 힘들다. 이별 뒤에는 고통과 아픔만 따르는 것은 아닌데 여전히 두렵다. 있을 때 미처 발견하지 못한 것들이 떠난 후에야 주변을 밝히는 경우가 있다. 나는 한동안 그를 떠올릴 것이다. 시시할 정도로 작은 것에도 의미를 부여하며 그리워할 게 분명하다.

　법당을 나서는데 바람이 어깨를 치며 장난을 건다. 재빠르게 전나무숲으로 숨어 버린 바람의 뒷모습에서 얼핏 그를 보았다. 그는 생각보다 자주, 어쩌면 모든 순간에 함께하는지 모른다. 멧비둘기의 구슬픈 울음소리나 길고 긴 여름 말없이 타오르던 배롱꽃, 때로는 시집(詩集) 속에 내리는 밤비가 되어 함께할 수도 있다.

　아름다운 삶은 기도로 성장하며 고귀한 죽음을 전제로 한다. 세상은 소중한 것들로 넘쳐나고, 수많은 감사의 기도로 충만해진다. 떠오르는 태양처럼 그와 연결된 많은 추억들이 어딘가에서 사랑스럽게 빛나고 있으리라.

　바위틈 이른 쑥부쟁이 한 송이 피어 가을을 알린다. 가만히 두 손 모을 수 있는 나는 행복한 사람이다. 진실로 소중한 것은 지금, 여기 내 곁에 있다.

젖은 눈빛이 전하는 말

영천 영지사

비가 지나간 뒤 숲은 온통 젖어 있다. 도랑물이 콸콸 젖어 흐르고 이끼 낀 부도들도 잿빛으로 젖어 있다. 젖은 나무들이 천년고찰의 일주문을 대신한다.

영지사(靈芝寺)의 주차장은 키 큰 참나무숲 아래이다. 세속을 비켜 앉은 무념의 기운이 지배하는 소박한 곳, 잠시 마음을 내려놓고 싶다. 발 빠른 변화를 요구하는 시대를 담담히 돌아앉아 고요히 참선하는, 그런 절이다.

영지사는 신라 무열왕 때 의상대사가 웅정암(熊井庵)이라 창건하였으나 임진왜란 때 소실되어 선조 때 중창하면서 영지사로 바뀌었다. 영조 50년에 중수하였다는 유적비와 지금까지 사찰을 지켜 온 주지 스님들의 부도 네 기가 나란히 초입을 지킨다.

가난한 민초들의 등 휜 일생을 말없이 보듬으며 함께 늙어 갔을 법한 절간에서 고양이 한 마리가 마중을 나온다. 느릿느릿 한가로운 걸음걸이와 방문객을 맞는 애교가 보통이 아니다. 고양이의 안내를 받는 사이 먼저 온 불자와 차담을 나누던 스님이 인사를 건네신다. 편안하다. 절도 스님도.

절은 작지 않다. 공사 중이라 그런지 숙환을 앓는 노인의 젖은 눈빛 같은 안쓰러움이 묻어난다. 그 중심을 범종각(泛鐘閣)이 지키고 있다. 누하진입식(樓下進入式) 형태를 갖췄는데 현판에는 루(樓)가 아닌 각(閣), 불경 범(梵) 대신 뜰 범(泛)자를 쓴 까닭은 옛날에 이곳은 물 위에 떠 있었기 때문이다.

타원형으로 생긴 법고도 특이하고 종을 치는 당목의 나이도 만만치 않아 보인다. 운판과 목어, 갖출 거 다 갖춘 범종각이 어딘지 외롭고 허전해 보인다. 시방세계를 깨우치며 지옥중생을 구제한다는 법고는 속울음 삼키듯 안

범종각에서 바라본 산문.

으로 우는 법에 익숙해진 것은 아닐까. 범종각 위를 서성이며 한때는 찬란했을 영지사의 옛날을 그려 본다.

해질녘 절간에서 울리는 타종 소리나 노을을 등에 업고 댕강대는 교회의 종소리는 생각만 해도 엄숙하고 평화롭다. 타종 소리는 종과 당목, 온도와 습도, 절간의 분위기에 따라 그 울림이 다르다. 영지사의 타종소리가 궁금하다. 그리운 것들 떠나보내느라 한철 꽃잎 지듯 아플 것 같다. 쇠줄과 당목을 연결하는 무명천의 낡고 쓸쓸한 눈빛 위에는 얼마나 많은 염원들이 머물다 갔을까.

대웅전 법당 문은 굳게 닫혀 있다. 기도하는 불자 대신 여름풀들이 드문드문 앞마당을 지키고 고양이와 강아지가 삼층석탑 주변을 돌며 장난을 친다. 일상적인 그들의 평화가 나를 미소 짓게 한다. 인간만이 불성을 가진다는 오만한 착각이 중심을 잡지 못하고 비틀거린다.

양측 문이 잠겨 있어 조심스럽게 어간문을 열고 들어갔다. 기도하는 불자보다 스님 홀로 예불 보는 시간이 많을 것 같은 작은 법당, 문 여는 소리에 숲과 바람이 먼저 귀를 세우고, 축원을 담은 불자들의 주소와 이름이 천장에 매달려 무심하고도 쓸쓸하다. 이 찰나적 순간에도 계절은 오고 한동안 익숙했던 계절은 또 사라져 갈 것이다.

주지 스님이 가리키는 곳에 작은 악착보살이 줄을 잡고 반야용선에 오르고 있다. 악착(齷齪)스럽다는 강한 말의 이미지와는 달리 귀엽고 천진한 표정이다. 뜻한 바를 이루기 위해 몰입하는 순간만큼은 꽉 찬 비움의 상태임을 말해 주듯이. 흔하게 쓰는 '악착스럽다'는 좋은 의미를 가진 절집 용어였던 것이다.

어원은 이렇다. 불심 깊은 한 여인이 극락정토로 인도하는 반야용선에

대웅전 천장에 매달려 있는 악착보살.

오르기로 했는데 그만 늦고 말았다. 반야용선을 타지 못해 발을 구르는 모습을 보고 부처님이 밧줄을 내려주자 여인이 악착같이 매달려 반야용선에 오르게 되었다. 용맹정진 수행하라는 뜻으로 악착보살은 그 오랜 세월 법당에 매달려 우리를 기다리고 있다.

　권위와 형식을 중요하게 여기지 않는 성천 주지 스님의 미소는 소탈하다. 삶의 철학도 분명해 보인다. 드러나는 것이 실상이 아니라는 것쯤은 알기에 나는 긴장을 놓지 않는다. 차를 마시고 대화를 나누면서도 부질없는 분별심을 습관처럼 홀로 즐기고 있다.

　그럴수록 스님은 여유롭고 나는 점점 방향을 잃고 미궁을 헤맨다. 고양이 요요가 소리도 없이 잔디밭을 지난다. 그 발걸음과 스님이 닮았다고 생각할 때, 스님이 말씀하신다.

"언행이 실망스러운 스님을 만나면 감정을 소진하지 말고 '스님, 초심으로 돌아가십시오' 하고 마음으로 기도하세요."

와르르 아집이 무너지는 소리가 들린다. 산사를 찾아다니면 번뇌가 줄어들 거라 믿었던, 어리석음을 위한 송가이기를 바란다. 허탈하다. 처음 출발선 그 자리에서 여태 맴 돌고 있는 나를 보았다. 무욕(無慾)의 가벼움은 멀고도 멀다. 절집을 찾아다닐수록 허기졌던 이유를 알 것 같다.

스님이 어떤 분인지는 그리 중요하지 않다. 마음을 비운다는 건 어떤 대상을 있는 그대로 인정하는 것이리라. 일상의 진리 앞에서 나는 지나치게 얕았거나 깊었다. 마음과 마음을 드나들 수 있는 바람 한 줄기 내 안에 재워두며 살고 싶다.

낮은 창문을 기웃거리던 은행나무 그림자가 넉넉해지는 오후, 고양이 요요의 몸짓도 느려지고, 젖었던 내 발걸음의 뒤축도 한결 가벼워 온다. 영지사는 여전히 돌아앉아 참선 중이다.

엎질러진 한 통의 발효액

김천 수도암

포장된 외길을 오르다 보면 은둔하듯 숲속에 터를 잡은 수도암(修道庵)을 만난다. 가파르게 이어지는 길이 울창한 초록 숲의 유일한 출구다. 본사인 청암사가 수도산을 지키는 여신(女神) 같다면 해발 1천 미터쯤에 자리 잡은 수도암은 남신(男神)이라 할 만하다.

신라 헌안왕 3년(859년) 절을 창건한 도선국사가 터를 발견하고 만대에 수도인이 나올 곳이라 기뻐했다는 천하 명당. 이곳은 풍수적으로 여인이 베틀에 앉아 베를 짜는 형국이다. 대적광전 앞에는 베틀의 기둥을 상징하는 동탑과 서탑이 늠름하고, 실 감는 도토마리석이 발견되어 전설 같은 이야기에 힘을 더한다.

경내는 세 단으로 나뉘어져 높고 웅장하다. 관음전에 들러 백팔배를 하고 가파른 계단을 천천히 오르면 오래된 대적광전을 만난다. 대적광전에 봉안된 보물 제307호 석조비로자나불은 석굴암 본존을 떠올리게 할 정도로 풍만하고 장대하다. 게다가 천년의 세월을 이겨낸 불상답지 않게 보존 상태도 양호하다.

고요한 골짜기를 유빙처럼 떠다니며 기도 중인 운무, 절은 참선에 든 듯 고요하고 까마귀 한 마리 죽은 나뭇가지에 앉아 간헐적으로 울어댄다. 수

대적광전을 지키는 삼층석탑.

행하는 스님들은 굳게 닫힌 선방문 안에서, 나는 마당을 소리 없이 거닐며 까마득한 옛날을 떠올린다. 오늘처럼 안개 냄새가 나는 천 년 전 어느 구월의 하루를. 꾹꾹 눌러 밟는 시간들 속에 그리움이 피어난다.

왕희지의 재림이라 일컫던 신라의 명필 김생의 글씨로 추정된다는 도선국사비 앞에 마주 선다. 선명하던 눈빛과 꺼져가던 순간에 빛나던 말씀은 얼룩으로 남고, 옛사람이 남긴 지문은 바람이 지워 버렸다. 수많은 날들이 통증을 일으키며 손을 내민다. 무심히 지나쳤던 별 특징 없던 비(碑)가 새로운 의미가 되어 다가온다.

내 안에 깊게 뿌리내린 이 알 수 없는 뜨거움, 결코 만질 수 없는 아득한 그리움 같은 이것을 누군가는 얼이라 했다. 큼지막하게 음각해 놓은 개창주 도선국사(開刱主道詵國師)라는 글자만 뚜렷이 들어온다. 그 등판에 흐르는 유일한 김생의 친필은 아무도 눈여겨보지 않았다. 이제 육안으로는 식별할 수조차 없다. 대부분 마모되고 10여 자만 낡은 무늬로 남아 자유를 꿈꾼다. 이름을 남긴다는 건 빛나는 존엄 뒤에 깊고 여윈 빈 의자 하나 만드는 일인지 모른다.

약사전 툇마루에 앉아 잠시 사색에 잠긴다. 절 살림을 맡아하는 실장님이 차 한 잔을 권한다. 종무소에 앉아 보이차를 마시는 동안에도 내 눈은 높다란 계단 위에 앉은 비로전으로 향한다. 자유롭게 자라는 풀숲에는 이른 가을이 일렁이고 공양주 보살은 텃밭에서 막 따온 고수를 다듬는다. 목청을 낮추지 않고 울어대는 까마귀 소리마저 평화롭게 들리는 산사의 오후다.

스스로 빛을 낸다는 수도암의 비로자나불상, 그 위신력(威神力)에 관한 신비성보다 세속의 삶을 뒤로하고 산중에서 봉사하며 살아가는 두 분의 이야기가 더 감동적이다. 어떤 깨달음이 있어 평생을 열망하며 이루어 놓은 화려한 이력들을 버릴 수 있었을까.

향이 강한 고수 같은 분들이다. 피를 맑게 하고 심신을 안정시켜 주어 예로부터 스님들이 애용했다는, 호불호가 뚜렷이 갈리는 채소다. 절집에서 맛보는 고수의 맛이 궁금해 한 잎 따서 베어 문다. 내 몸은 낯선 이국의 향기를 거부한다. 천천히 보이차로 입가심을 한다. 발효된 차가 은은하게 온몸을 돌아 나를 안정시킨다.

미생물을 이용한 친환경 농법으로 채소를 키운다는 소식은 얼마나 겸손한 자랑인가. 이랑마다 촘촘한 망들을 씌워 벌레를 차단하고 주지 스님이 손수 풀을 깎는다. 수행과 울력을 기도처럼 하시는 스님은 직접 뵙지 않아

약수 뒤로 보이는 관음전.

도 이 시대에 보기 드문 선지식 같은 분이리라.

산사를 나서는데 공양주 보살이 커다란 통 하나를 건넨다. 주지 스님이 손수 만들고 희석시켜 놓은 발효액이다. 친환경적인 삶에 욕심이 생겨 반가운 마음으로 넙죽 받고 말았다. 발효된다는 것은 누군가에게 유익함을 준다는 말이며, 앎이 실천으로 이어질 때 비로소 가능하다.

친환경 용액 한 통을 트렁크에 싣는다. 묵직하다. 기도하고 실천하는 삶 그리고 무심으로 베푼 정성이 덤으로 실린 까닭이다. 하지만 기쁨은 짧았다. 밤늦게 집에 도착한 후 트렁크에 있는 발효액을 꺼낸다는 걸 잊고 말았다. 다음 날 시큼한 냄새가 진동하여 살펴보니 엎질러져 깨진 통 틈새로 발효액이 죄다 흘러나와 차 안은 아수라장이 되었다. 참담하다. 바빠서 종종걸음을 치던 내게 일거리 하나가 더 보태졌다.

텃밭이며 정원에서 향기를 피워야 할 발효액이 쓰임을 다하지 못하고 오물로 변한 건 순식간이었다. 몸의 수고로움 없이 좋은 결과를 원했던 나의 아둔함과 설익은 동경이 불러온 참사였다. 향이 강한 고수처럼 혹은 눅진눅진한 발효액처럼 사는 일은 쉽지 않다. 고수는 어떠한 유혹에도 흔들림 없이 자기 고유의 향을 지키며, 발효가 된다는 것은 내가 없어지고 또 다른 나로 거듭나는 것을 의미한다.

수도암에는 발효액 닮은 스님과 고수 같은 보살이 계신다. 그곳을 다녀온 후 쓸쓸한 삼귀례(三歸禮)의 고백 하나, 지금까지 내 가슴에서 그렁거린다.

간절함의 끝은 어디에
경주 감은사지

막 깎아 놓은 풀냄새가 좋다. 먼 곳으로 자식을 떠나보낸 늙은 부모처럼 국보 제112호 감은사지(感恩寺址) 동서 삼층석탑은 오늘도 기다림에 젖어 있다. 장중함의 눈빛이 하도 외롭고 쓸쓸하여 한참 동안 고개를 젖히고 우러러본다.

삼국을 통일한 문무왕이 왜구의 침입을 부처의 힘으로 막으려고 짓기 시작한 감은사는 신문왕 2년(682년)에야 완성된다. 죽어서도 용이 되어 나라를 지키겠다는 부왕의 유언을 받들어 동해에 해중릉을 만든 후, 절의 금당 밑으로 용이 드나들 수 있도록 물길을 낸 충과 효가 배어 있는 절이었다.

천천히 서탑을 돌며 까마득히 역사 속으로 사라져간 신라를 생각한다. 긴 회랑으로 둘러진 감은사, 13.4m의 장대한 동서 삼층석탑은 최초의 쌍탑으로 통일신라시대 석탑 중 가장 크다. 폐사지를 지키는 퇴락의 그림자는 마르지도 않고 두 탑은 해탈이라도 한 듯 초연하다.

창건 당시 감은사 앞까지 이어지던 바다는 천년의 세월 속에서 자꾸만 물러나 앉고 감은사도 사라졌다. 길 잃은 문무왕의 애타는 넋이 떠돌았을 동해를 뒤로 한 채 두 탑의 기다림은 하염없이 길었다. 저녁 연기처럼 흩어지는 옛 왕조의 기억과 낙서 자국이 눈물로 번져간 상처들, 수많은 시인의

감은사지 동서 삼층석탑.

찬란한 시구(詩句)들이 서로를 다독이며 절터를 지킨다.

늦더위가 기승을 부린다. 바람이라도 불면 울창한 대숲에서 만파식적 소리라도 들릴 것 같은데 늙은 느티나무의 투병하는 소리만 애처롭다. 들판을 가로지르며 달리는 차들과 술렁거리며 오는 계절의 풍경에 익숙해진 삼층석탑은 또 다시 천년의 기다림을 반복이라도 할 듯 말이 없다.

천년 세월의 간절함을 담고 있는 그의 눈빛에 비해 나의 기도는 조촐하기만 하다. 사람들은 어디론가 바쁘게 달려가고 또 누군가는 잠시 머물다 훈장 같은 말씀 한 마디 던져 주고 떠난다. 바람을 잠재우고 물결이 되어 뒤척였을 수많은 날들의 기다림은 모두 헌사가 되어 그를 위무한다.

묵직해진 마음을 끌고 솔숲에 앉아 문무대왕릉을 바라본다. 햇살 아래 연거푸 일어섰다 쓰러지는 파도들, 여름날의 빈집을 기웃거리듯 조용한 발걸음으로 가을이 들어서는데, 꽹과리 소리에 춤을 추며 무아의 경지에 빠져 접신 중인 무녀가 보인다. 이곳 저곳, 솔밭이 온통 굿판이다. 나는 반신반인(半神半人)의 위치에서 신탁을 받을 영매자를 위해 조심스럽고 미안한 구경꾼이 된다.

문무대왕릉을 향해 정성스럽게 예를 올리는 무녀의 손에 들린 붉은 깃발은 언젠가 네팔 여행 중에 보았던 룽다와 타르초를 떠올리게 했다. 소음과 공해로 정신없이 어수선하던 카트만두의 오래된 사원에서, 안나푸르나를 보기 위해 오르던 전망대 근처에서도, 오색 깃발들은 경전을 읽듯 바람 앞에서 사정없이 울어댔다. 많이 펄럭일수록 신에게 그들의 기도가 더 간절히 전해진다고 믿는 이색적인 풍경 앞에서 신의 부름 앞에 무릎걸음으로 다가가는 가난한 영혼을 보았다.

더위를 업고 답을 기다리는 동해의 붉은 깃발, 환생을 꿈꾸는 미이라처럼 젊은 여인의 몸을 감싼 채 자갈밭을 구르는 흰 천의 오열, 모래사장에 수없이 꽂혀 타다만 향의 잔해들, 갈매기와 까마귀의 번들거리는 군무, 굿당이 되어버린 솔밭을 수중릉은 말없이 바라볼 뿐이다.

문무왕의 호국정신이 서려 있어 신령스러운 기운이 강한 곳이라고 한다. 이제는 절터만 남은 감은사지, 그래서 갈 곳 잃은 천년의 정신이 끝내 신탁으로 양도되기라도 한 것일까. 온갖 염원이 대왕암을 향해 끓어오른다. 세상의 모든 고통과 아픔이 이곳으로 뛰어들어 동해는 더 깊고 푸른지 모른다. 간절함을 이기는 능력은 없다 했던가. 그들의 곡진한 의식을 있게 한 그 간절함은 도대체 무엇일까.

까마귀 떼들이 버려진 젯밥에 몰려들어 배를 채우고는 유유히 날아간다. 윤이 나는 깃털이 햇살에 반사되어 반짝일 뿐, 그들에게 간절함은 없다. 파도를 바라보며 하염없이 시간을 보내는 갈매기 무리 속에도 이제 조나단 리빙스턴의 후예는 없다. 높이 나는 법을 잊어버렸으며 더 이상 높이 날 명분마저 사라졌는지 모른다. 풍요 속에 가려진 나른하고 권태로운 눈빛들, 꽹과리 소리는 접신의 문턱을 몇 번이나 넘나들며 절정을 향해 치닫는다.

서너 시간을 솔밭에 앉아 바다를 바라본다. 삶은 불가해한 것들로 가득하다. 무너지지 않으려 발버둥치는 절박한 몸짓들이 때 아닌 폭설 되어 내 안에 쌓인다. 지척에 보이는 대왕암은 꼼짝도 않는데 숨 가쁜 염원들은 하혈하듯 동해로 흘러들고 바다는 답신하듯 파도를 만들어 보낸다.

도시가 갑갑하면 찾아오던 바다에서 오늘은 교만의 옷을 벗는다. 삶의 완성도는 슬픔과 기쁨 사이를 자유롭게 넘나들며 관조하는 것. 새살이 돋아 그들의 영혼이 좀더 말랑말랑해지길 바라며 가을 햇살 같은 기도 한 줌 보낸다.

어찌하랴. 가장 영험해 보이는 신을 찾아 간절히 두 손 모을 수밖에 없는 운명 앞에서 우리는 차안과 피안 사이를 정처 없이 오가며 때때로 난처해 지기도 하는 것을.

하늘과 맞닿은 수평선은 저리도 평온한데….

가을, 선정에 들다
상주 원적사

십여 년 전 원적사(圓寂寺)에 들렀던 적이 있다. 청정한 절의 경관보다 닳고 해진 소매 끝과 천을 덧대 기운 젊은 스님의 승복 앞에서 가슴 서늘했던 기억이 또렷하다. 그 청빈한 산사의 이미지는 오랫동안 머릿속을 떠나지 않았다. 불자도 아닌 내게 산문을 쉽게 개방하지 않는다는 선원에 다시 가볼 기회는 오지 않았다.

무작정 원적사를 찾아 나섰다. 문경과 상주, 괴산을 끼고 있는 청화산 중턱을 향해 가파른 산길을 오르자 '청정수행도량이니 돌아가라'는 표지판이 가로 막는다. 절은 신라 태종무열왕 7년(660년) 원효대사가 창건하였다는 설이 있지만 확실치는 않다. 풍수지리설에 따르면 학이 하늘을 향해 날아오르는, 비학승천혈(飛鶴昇天穴) 명당이라 예로부터 깨달음을 빨리 얻을 수 있는 수도처로 알려졌다. 학의 부리에 해당하는 크고 뾰족한 바위 아래 원적사(圓寂寺)라는 현판을 단 주법당이 좌선하듯 앉아 있다.

석가여래좌상이 봉안되어 있는 법당에는 불전함이 보이지 않는다. 제단 위에 발가벗은 지폐 한 장 올려놓기가 민망하다. 나의 공양은 정성스런 마음보다 그저 습관 같은 의식에 지나지 않았는지 모른다. 요사채에서 차담을 나누던 주지 스님이 소탈하고 쾌활한 얼굴빛으로 맞아 주신다. 가을빛

한 아름 안고 따라오던 숲이 그제서야 뒤로 물러나 앉고, 머지않아 이 골짜기도 짧고 깊은 사색의 계절로 접어들 것이다.

교통사고로 왼팔에 깁스를 한 채 보이차를 대접하는 범린 주지 스님은 오랫동안 알아온 사람처럼 어색하지 않고 편안하다. 형식적인 틀과 권위를 좋아하지 않는 스님은, 저절로 내면이 원숙해지고 중물이 자연스럽게 몸에 배어 나오길 원하신다며 두루 세상 돌아가는 이야기를 하신다.

승(僧)과 속(俗)은 하나일 수 없다. 그렇다고 온전히 분리될 수도 없기에 스님 노릇도 쉽지 않으리라. 공양주 보살을 두지 말고, 산방도 꾸미지 말고, 산문도 열지 말고 수행에만 전념하라던 서암 스님은 이제 벽에 걸린 사진 속에서만 환하게 웃으신다. 해우소 가는 길섶에는 때이른 가을이 선정에 들고, 나무들은 서로를 품고 기도하듯 온화하다.

부처님 오신 날만 산문을 여는 수행도량 봉암사와 50여 년 수좌로서의 품격을 잃지 않고 입적하실 때까지 지켜 온 원적사, 두 사찰의 맑은 이미지 속에는 서암 큰스님이 계신다. 나는 한 그루 갈매나무를 떠올린다. 백석의 시 속에서 하얗게 눈 맞으며 맑고 깨끗하게 살아가는, 곧고 의연한 아름다움을 지닌 갈매나무.

젊은 시절 토굴에서 지내며 용맹정진하셨다는 스님은 인도의 오르빌과 명상센터를 수차례 다녀온 경험담을 꺼내신다. 기억이 희미해져 가는 나의 인도여행기와 책에서 만났던 오르빌의 환상들을 뜻밖에도 산중에서 만나게 될 줄이야. 세계적인 지휘자 첼리 비다케와 폰 카라얀, 말러와 베토벤의 교향곡, 철학자 쇼펜하우어와 오쇼 라즈니쉬, 전문적인 깊이는 가늠할 수 없지만 스님의 해박한 식견은 쉬지 않고 이어진다. 어둠의 경계를 허물기 위해 아침이 오도록 저린 걸음으로 걸었을 스님, 선정을 위해 곱게 물들어

좌선하듯 앉아 있는 원적사.

가는 담쟁이덩굴의 안색조차 눈부시다.

　잠시 전생의 습을 생각한다. 안간힘을 써도 털어내기 힘든, 일종의 굴레 같은, 그 업을 벗기 위한 노력을 나는 했던가? 스님은 약자와 소수자에 대한 정의감도 유별나다. 중이 정치에 관심을 가지지 않아도 되는 세상이 되었으면 좋겠다며 씁쓸해 하신다. 내 몸 하나 위로하며 살기도 바빴던 나를 원적사 가을빛이 말없이 다독인다. 보물 하나 없어도 원적사가 아름다운 까닭이다.

　"불교는 종교를 넘어 인간을 인간답게 만들어 주는 철학이지. 공부해야 시건방들 새가 없어."

　스님의 말씀이 소슬하게 날아와 꽂힌다. 그것은 가난한 절 살림을 겸허히 받아들이며 수행하는, 서암 큰스님의 상좌다운 자존심이다.

산중 생활이 무섭지 않느냐고 여쭙자 "뭐가 무서워. 무서운 건 나지." 우문현답이다. 어김없이 2시 50분이면 일어나 도량석을 시작으로 두어 시간씩 조석예불을 드리고 혼자서도 잘 논다던 스님은, 하루 30분이라도 명상하는 습관을 들이라고 당부하신다.

"명상이란 내 안에 침잠해 들어가서 실체, 즉 본체를 확인하는 작업이지. 명상을 하면 생각의 흐름이 잡히고 소중한 것과 가치 있는 것이 무엇인지 정리가 되거든. 아침에 명상하는 습관을 들여 보셔요. 습은 길들이기 나름이지. 모든 것은 내 의지, 마음 안에서 나오는 것이야. 끊임없이 변화하는 세상, 끊임없이 정진하는 길밖에 없어."

숲이 보이는 원적사 해우소 창.

"불자들이 찾아와서는 좋은 말씀 좀 해 달라는데 참 딱해. 이 세상에 좋은 애기가 적어서 이 모양인가? 작은 것부터 실천할 수 있어야지."

나의 허약한 의지가 댓돌에 벗어놓은 신발을 물끄러미 쳐다볼 뿐 어떤 추임새도 넣을 수가 없다. 가까운 곳에서 가을이 익어 가는 소리가 들린다.

행여 원적사가 궁금하여 청화산 가파른 언덕길 오르거든, 반야라는 이름을 가진 영리한 개와, 공부하기 좋아하는 스님 한 분을 찾아보라. 해우소 창틀로 들어오는 푸른 잡목 숲 닮은 스님이 그대를 반겨 맞을 것이니.

심지 굳은 바람처럼

안동 봉정사 영산암

적요를 먹고 크는 배롱꽃, 깊이를 알 수 없는 평화, 오래된 침묵, 그리고 무슨 말이 필요할까. 오후의 햇살이 관심당 툇마루의 나이테를 세다 창살에 기대 졸고 있다. 모두 하나가 되어 멎어 있는 풍경들, 발걸음 소리에 정제된 시간들이 파문을 일으키며 깨어날 것만 같아 고양이 걸음으로 들어선다. 귀 밝은 솔이가 컹컹 영산암이 떠나가도록 짖는다.

봉정사 영산암(鳳停寺 靈山庵)은 석가불이 법화경을 설법하던 영취산에서 유래되었으며, 영취산에 모여 설법 듣는 나한을 모신 응진전이 주법당이다. 온통 국보와 보물로 가득한 봉정사와 달리 경상북도 민속자료라는 아주 작은 명함이 전부지만 여느 암자와는 다른 독특한 아름다움을 지니고 있다.

하늘에서 꽃비가 내린다는 우화루, 이름의 유래는 불교적 색채를 띠지만 유학자의 선비다운 풍류가 느껴진다. 키가 닿을 듯 낮은 누하문을 조심스럽게 들어서면 자연석을 이용한 계단 위로 사대부집의 아담한 정원과도 같은 편안함이 반긴다. 명문가의 자존심이 묻어나는 노할머니의 장죽(長竹)이 기척 소리에 문을 열며 내다볼 것 같은 환상에 사로잡히기도 한다.

완만한 구릉지를 깎거나 다듬지 않고 바깥의 자연을 그대로 옮겨놓은 듯한 정원, 그래서 관심당 마루는 우화루 쪽으로 내려갈수록 높아진다. 뿐만 아니라 문의 크기도 다르다. 단아하고 기품 넘치는 유가적인 분위기의 건물들과 시공간을 압축시켜 놓은 듯한 묘한 공간배치 앞에서 낮은 탄성이 절로 나온다.

응진전 좁은 툇마루는 낡고 삭아서 내려앉을 듯 안쓰럽다. 법당에 들어서기도 전에 저절로 두 손부터 모으게 되는 인고의 고단함이 마음을 시리게 한다. 그러면서도 응진전보다 낮은 자세로 송암당과 관심당이 좌우를, 맞은편 입구에는 우화루가, 세 건물은 툇마루로 연결되어 건물이 가지는 위계질서조차 잃지 않는다.

송암당 나지막한 처마와 소나무 한 그루의 어울림, 서로가 서로에게 배경이 되어주며 모두가 주인공이 되는 관계가 조화롭다. 시설 좋은 봉정사 템플관을 굳이 마다하고 영산암에 머물기를 고집한 이유다. 영산암 회주 스님은 출타 중이라 봉정사 주지 도륜 스님의 배려로 관심당 방 하나를 운 좋게 차지한다.

오랫동안 떠나 있다 옛집을 찾은 것처럼 편안하다. 주지 도륜 스님의 자상한 설명으로 익숙하던 봉정사와 영산암이 내 안에서 새롭게 태어난다. 시대별 특징들이 모여 살아 숨 쉬는 건축박물관, 봉정사가 세월의 맛이 자연스럽게 배어나오는 시간의 멋을 지녔다면 영산암은 미학적인 혜안 속에서 오로지 지금 나로만 머물 수 있는 공간이다.

새벽 4시 도량석 목탁 소리에 천등산이 눈을 뜬다. 새벽예불을 위해 나도 주섬주섬 옷을 갈아입는다. 툇마루를 내려서는데 무심코 기봉의 눈빛이 느껴진다. '달마가 동쪽으로 간 까닭은', 영화는 모든 것을 깊고 쓸쓸하게 담

고졸미가 흐르는 응진전.

아냈다. 최대한 빛을 아끼고 말을 아꼈다. 돌보지 않은 영산암은 쓰러질 듯 고뇌에 찼으며, 한국의 아름다운 자연조차 투명하도록 슬펐다.

절제된 대사들이 오래도록 마음에 파문을 일으켰다. '지옥과 극락은 둘이 아니라 하나다', '가는 것이 오는 것이고, 오는 것이 가는 것이다'. 노스님의 기름기 없는 목소리가 들리는 것만 같다. 죽음을 앞 둔 노스님과 호기심으로 세상을 열어 가는 동자승의 뒷모습이 우화루 위에서 아른거린다.

어둠 속의 영산암은 어제의 옷을 벗고 무의식 속의 또 다른 풍경을 만들어 내 앞에 선다. 대자유의 길을 걷고자 출가하지만 생애의 고뇌마저 사랑하지 않고서는 피안의 완전함에 이를 수 없다는 것을 깨닫고 다시 사바세

우화루 아래에서 본 불켜진 응진전.

계로 돌아가는 기봉의 뒷모습은 그래도 희망적이다. 영산암은 사바와 피안 사이에 앉아 말이 없다.

대웅전에 앉아 새벽 예불을 기다리며 오래전 기억을 떠올린다. 타종 소리와 함께 어둠이 밀려들고 은행잎이 아픈 소리로 낙하하던 늦가을 저녁, 고령의 은행나무를 바라보며 새롭게 태어나는 나를 발견했었다. 오로지 나 혼자만을 위한 설레는 부름들, 영원할 것 같은 순간들, 잎새의 마지막 떨림처럼 의욕이 살아 숨 쉬던 젊은 날의 각오. 봉정사는 모든 것을 그대로 간직하고 있었다.

변화는 있어도 변함이 없어야 한다고 했던가. 안타깝게도 봉정사보다 더 빨리 변한 건 나였다. 지나친 의욕과 많은 생각은 엉뚱한 결과를 가져오곤 했다. 도시를 벗어나 길과 숲, 오래된 공간 속으로 들어가면 그런 나와 직면하게 된다. 오래된 것들은 시간에 휘둘리지 않고 장악할 수 있는 힘을 준다. 어둠을 품고 잠든 나무들 사이로 새벽이 꿈틀거리며 오고 있었다.

유명세로 봉정사 문턱은 높을 거라 생각했다. 그것은 기우였다. 긴 세월을 견뎌 온 극락전에 감사 기도부터 드리고 새벽 예불을 보신다는 도륜 주지 스님, 끼니 때마다 환한 미소까지 덤으로 얹어 주시던 공양주 보살님, 친절함이 몸에 배인 종무소 보살님, 모두에게서 잘 여문 과일향이 난다.

차를 내린 지 반나절이 지나도 차향이 남아 있듯, 좋은 사람들이 살아가는 기품 넘치는 사찰이다. 스님과 나눈 대화를 가슴에 품고 봉정사를 내려오는데 천등산 맥박소리가 들려온다. 숨을 쉴 때마다 느껴지는 낯익은 소리. 나는 알 수 없는 무언가로 또 설레기 시작한다.

동심의 세계로 가는 길

청도 대적사

길은 와인터널 옆 감나무밭을 끼고 이어진다. 소란스러운 인파의 그림자를 사뿐히 벗어날 즈음 감나무 잎새에 머물던 계절이 풀잎 위로 내려앉는 소리가 들린다. 최대한 느긋하고 여유롭게 시간을 즐기고 싶었지만 길은 짧았다. 키가 큰 나무들 사이로 높은 석축이 보이고 절은 그 위에서 흔들림 없이 고요하다.

대적사(大寂寺)는 신라 헌강왕 2년(876년) 보조선사가 토굴로 창건한 후 조선 숙종 15년 성해대사가 중수하면서 사찰의 면모를 갖추었다. 돌계단에는 젖은 이끼가 법문처럼 자라고 절문 안으로 불교도의 이상향인 극락정토를 표현한 극락전(보물 제836호)이 보인다. 절간을 지키던 낮달 같은 독백 하나 마중을 나온다. 인기척이라곤 느껴지지 않는다.

극락전은 크지 않지만 탄탄한 기단 위에 앉아 당당하다. H자형의 선각과 연꽃이 새겨진 기단은 멀리서도 시선을 사로잡는다. 자연스럽게 풍화된 시간의 흔적과 살아 있듯 활기찬 움직임들에 절로 미소가 번진다. 아이의 그림 속에서 몰래 도망쳐 나온 듯한 바다 생명체들이 소금기를 풍기며 절간을 활보 중이다. 사랑스럽고 앙증맞다.

동화 속 같은 그곳에도 고독과 가난, 죽음의 그림자가 있나 보다. 어미거

북은 필사적으로 새끼를 데리고 극락정토로 가려고 애를 쓴다. 가파른 면을 힘차게 부여잡고 올라가는 거북의 네 발이 안쓰러우면서도 대견하다. 반야용선에 오르기 위해 용맹정진하는 악착보살과 같은 숨결이 읽혀진다.

우측에는 거북 한 마리 연꽃 위에서 한가롭다. 영혼 없는 연꽃 위가 지상 최고의 낙원인 줄 알고 빈둥거리는 팔자 좋은 녀석, 어느 것 하나도 밉지 않다. 이토록 온전한 풍경이 있을까. 아이와 동물들의 경계 없는 혼재로 천진함의 세계를 표현했던 화가 이중섭의 그림을 보는 것 같다. 그런데 들여다볼수록 의미심장해진다. 인생을 탕진한 바람 한 줄기 불어올 것만 같다.

극락전으로 오르는 중앙 계단 소맷돌에 새겨진 투박한 용비어천도는 세련되거나 장중함과는 거리가 멀다. 소맷돌과 계단의 아귀가 맞지 않은 것

한 편의 동화를 연상시키는 극락전 기단.

고색창연한 극락전 내부.

을 두고 옛날의 석재를 이용하여 고쳐 쌓은 거라 전문가들은 추측한다지만 나는 이 어색함이 오히려 좋다. 마치 추사 김정희가 죽기 사흘 전에 쓴 봉은 사 판전을 보는 것 같다. 불심으로 빚어진 이름 없는 석공의 노숙함이 묻어 나는 무구(無垢)의 경지라고나 할까. 오랜 숙련을 거쳐 그 법마저 지워버리고 해체하는, 깨달음의 세계도 이렇지 않을까.

어렵고 방대한 경전보다 시각적으로 단순화 시켜놓은 작품 앞에서 더 큰 감동이 밀려올 때가 있다. 혼탁한 정신을 치료해 주는 정화수 같은 세계에 시간을 담근 채 한참이나 행복하다. 어디에서도 맛볼 수 없는 특별한 느낌들, 가까운 곳에 보물을 두고도 가치를 몰랐던 나의 무지와 고비처럼 살다가는 찰나의 생에 대한 존재의 질문도 해본다. 햇살 눈부신 마당에 홀로 서서.

텃밭 너머 산신각 근처에서 일하는 스님이 보인다. 주지 정혜(精慧) 스님이시다. 장화와 토시, 밀짚모자 아래로 흐르는 땀, 손길 닿지 않은 곳이 없을 만큼 경내가 정갈한 까닭을 알았다. 사찰을 답사하는 동안 절도 주지 스님을 닮아 간다는 생각을 한 적이 있다.

요사채에 앉아 스님과 대화를 나눈다. 방치하듯 낙후된 절을 살리기 위해 고군분투하신 흔적이 역력하다. 좋은 기도처로 거듭나기 위한 스님의 의욕과 열정은 굳이 묻지 않아도 드러난다. 북적이는 와인터널 인파의 반이라도 찾아 왔으면 하는 아쉬움을 드러내자 "모두 제 정진이 부족한 탓이지요." 스님의 말씀에 쓸쓸한 가을 공기 한 줌 출렁거린다.

"가난한 시절의 기도는 부처님의 공덕이 느껴졌는데, 지금은 기도가 더 기복적으로 흐르는 것 같아요. 입시나 승진, 집안에 우환이 있을 때는 지극정성 기도하다 일이 해결되면 기도를 멀리하니 답답한 노릇이지요. 절박함이 닥쳤을 때 하는 기도는 이미 때가 늦은 겁니다. 곳간이 비면 마음이 허전하듯 평상시 늘 기도로 삶을 충전하고 복을 지어야 하는데, 다들 뭐가 그리 바쁜지…."

스님의 말끝은 흐려지고 나는 마당에 핀 국화를 바라보며 생의 한때를 찬란하게 장식할 국화향을 더듬는다. 잠시 침묵이 흐른다. 아침마다 백팔 배로 하루를 열겠노라 다짐해 보지만 쉽지 않음을 토로했다.

"기도도 대상이 있어야 수월합니다. 집에서는 청정수 한 사발이라도 떠 놓고 오욕의 탐욕을 씻는 마음으로 해보세요. 기도도 욕심을 부리면 안 돼요. 욕심을 내면 혼탁해지고 힘들어지니 작은 것부터 설정해서 집중기도를 해보세요. 하루 이십 분 정도 편한 시간을 이용하는 것도 괜찮은 방법이지요."

무너진 흙담 사이에 온기가 피어오르듯 희망이 생긴다. 철웅 스님 법어집 한 권을 받아들고 내려오는데, 연꽃 위에서 놀던 거북 녀석이 꾸역꾸역 따라온다. 습은 그저 고쳐지는 것이 아니라는데, 산사 가는 길은 여전히 외롭고, 계절은 또 이토록 아름답다.

굽이굽이 옛길 따라 산을 넘는데, 스님 말씀 자꾸만 밟힌다.

"눈이 밝은 자는 오겠지요."

낙조, 그 아름다움을 위해

칠곡 도덕암

미모사를 아는가? 살짝만 건드려도 잎이 밑으로 처지고 싸늘하게 오므라드는 풀꽃이다. 뜬금없이 날아든 시끄러운 소리에 마음을 통제하지 못해, 결국은 부족한 스스로에게 상처받아 의기소침해진 나는 한 포기 미모사가 되어 집을 나선다.

『능엄경』에 '반문문성(反聞聞性)'이라는 말이 있다. 어떤 소리를 듣고 있는 나를 다시 들여다본다는 말이다. 나의 반문문성은 늘 한 발 늦게 행해져 스스로를 비참하게 만든다. 예기치 못한 상황에서, 감정의 노예가 되어 허둥대는 마음을 또 다른 내가 조용히 지켜보는 일은 쉽지가 않다.

무작정 절을 찾아 팔공산 순환도로를 달린다. 리기다소나무와 적송들이 어울려 있는 초입을 지나자 적송 우거진 숲이 이어진다. 호젓한 평화에 마음이 즐겁다. 모든 경계가 사라지는가 싶더니 임산물 채취를 막는 커다란 가로펼침막과 길가에 쳐진 줄이 묘한 긴장감을 불러일으킨다.

세상 모든 언어에는 눈과 입이 있다. 남이 가지지 않은 무언가를 내세울 수 있다는 것은 자칫 교만함으로 이어지기 쉽다. 불필요한 오해는 사고 싶지 않아 경사 심한 비탈길을 용을 쓰며 오른다. 도시의 소음과 불협화음을 피해 왔지만 삶은 장소와 때를 가리지 않고 따라온다.

800살의 모과나무와 전각들.

　높다란 콘크리트 기단 위에서 도덕암(道德庵)이 나를 지켜본다. 팔공산 자락에 있는 사찰이지만 절 이름을 따서 도덕산 도덕암이라 부른다는 독자적인 자존감이 무엇보다 마음에 든다. 컹컹 개 짖는 소리에 팔공산이 떨리고 공양주 보살이 반긴다. 위협적으로 보이던 덩치 큰 두 마리 개가 법당으로 들어서는 나를 보고서야 이내 온순해진다. 낯선 이를 식별하는 그들만의 지혜조차 크게 보인다.

　눌지왕 18년(435년)에 창건한 것으로 전해지는 도덕암은 광종 19년(968년)에 혜거국사가 대대적으로 중수하여 칠성암이라 칭하다 1854년 선의 대사가 중수하여 도덕암으로 부른 후 영남 3대 나한기도 도량으로 알려진 암자다. 스님은 저녁 무렵에나 돌아오실 거라는 귀띔에 홀로 햇살 따가운 경내를 산책한다.

800년의 풍파를 견뎌 온 모과나무나 고려 광종이 혜거국사를 왕사로 모시기 위해 이곳에서 사흘간 머물며 속병을 고쳤다는 어정수도 건성으로 지나친다. 자연석 축대 위에 나란히 앉아 있는 나한전과 산신각, 응진전 사이에 나도 전각처럼 서서 서쪽을 바라본다. 저 멀리 물결을 이루는 산들을 넘고 넘으면 피안의 세계에 이를 것만 같다. 내 안에 느닷없이 들어온 껄끄러움을 피해 다니느라 지쳐 있던 나를 누군가 가만히 다독여 준다.

경내는 적막할 만큼 고요하다. 보살님들은 기척이 없고 덩치 큰 개들도 나른한 오후에 취해 졸고 있다. 요사채 돌담 위에 핀 꽃들을 카메라에 담는데 가파른 경사길을 차 한 대가 올라온다. 부리나케 공양주 보살이 마중 나가는 모습이 잡힌다. 그 종종걸음을 따라 내 눈도 호기심 가득 안고 비탈길을 따라나선다. 저녁 무렵에나 오신다던 주지 스님이 일찍 돌아오신 듯하다. 스님의 가방을 받아 들고 오순도순 대화를 나누며 올라오는 보살님의 환한 표정에서 잊고 있었던 옛날을 떠올린다.

내 어린 날, 출타하신 할아버지가 돌아오면 어머니는 언제나 하던 일을 멈추고 달려나가곤 했다. 조부의 손에 들려 있던 가방이나 짐을 받아들며 웃는 얼굴로 맞는 것은 집안의 질서와 공경의 표현이었다. 적당한 거리와 적당히 예가 우러나던, 그 그립고 따뜻한 풍경들은 모두 어디로 사라졌을까? 소소한 풍경에서 도덕암의 숨결이 읽힌다.

나를 키워 준 아름다운 기억들과 흔들리며 사라져간 그리운 것들로 가슴 한 켠이 허전하다. 햇살도 한껏 자세를 낮추고 휘어질 무렵, 스님은 모과나무 있는 쪽으로 방향을 틀어 이쪽으로 올라오신다. 퍼뜩 정신이 든다. 하필이면 나는 주지 스님의 방 앞을 서성거렸던 모양이다.

요사채 창문으로 보이는 서쪽 풍경.

　운이 좋게 스님과 차담을 나눈다. 임종을 앞둔 환자처럼 누워 있는 겹겹의 산들과 피곤한 하루가 너울거리며 사라지는 서쪽 풍경이 커다란 유리문으로 들어온다. 깔끔한 이미지를 풍기는 법광 주지 스님, 산사에서 마시는 캡슐커피조차 낯설지가 않다. 모과나무, 어정수, 낙조, 도덕암의 세 가지 자랑거리와 대를 이어 찾아오는 불자들이 많아 가족처럼 화목하다는 스님의 말씀을 듣는 동안 어느새 도덕암이 내 안에 자리잡는다.
　커피를 마시면서 내 눈길이 자꾸 서쪽 풍경을 향해서였을까? 스님은 내면을 바라보고 성찰하기를 바라시며 회광반조(回光返照)에 대해 말씀하신다. 사람이나 사물이 쇠멸하기 직전에 잠시 왕성한 기운을 되찾는 경우를 비유하는 말이기도 하다. 여자의 일생 중 세 번의 아름다운 때를 언급하시며, 스스로를 돌아보며 중후함을 갖춰야 할 마지막 시기의 아름다움을 당부하신다.

어떠한 상황에서도 자신을 돌이켜 볼 줄 안다면, 그것이 부처님 자리에 들어서는 순간이리라. 멀고도 먼 길이지만 가는 길은 뿌듯하다. 중후한 아름다움, 커다란 과제 하나 안고 도덕암을 나서는데 저녁 공양하고 가라는 보살님의 따뜻한 미소가 암자를 밝힌다. 덩치 큰 개도 더 이상 짖지 않았다. 도덕암의 낙조는 결국 보지 못했다. 하지만 이보다 아름다울까.

무소의 뿔은 고독하다

청도 대비사

중년의 여자가 홀로 걷는다. 아무런 보호장치 없는 차로를 묵직한 배낭 하나 메고 걷는 모습이 잘 여문 가을을 닮았다. 마른 꽃잎 같은 여인이 발걸음을 뗄 때마다 탑이 쌓인다.

여인은 큰 길을 따라 걷고 나는 한 번도 가보지 않은 길에 대한 미련을 안고 대비사를 향해 마을 어귀로 들어선다. 눈길 닿는 곳마다 해묵은 그림처럼 정감 넘치는 가을 풍경이 기도가 되어 따라온다. 그곳이 비록 초행길이라 할지라도.

길은 대비지 푸른 어깨를 타고 굽이굽이 이어진다. 수심 깊은 호수에는 하늘의 낮별들 죄다 내려와 반짝이며 수다를 떨고, 일찍 물든 단풍은 무심히 붉고 외롭다. 내 안에 숱한 그리움들 몰려나와 무언가를 찾아 헤맨다. 깨달음이란 없던 것을 발견하는 것이 아니라 이미 있는 것을 확인하는 것, 호젓한 물결이 내게 속삭인다.

호수와 헤어지고 골짜기로 접어들 때, 일주문과 천왕문을 대신하는 사천왕상이 길을 막는다. 심란하고 소소한 탐욕들 죄다 접어 호수 위로 띄워 보낸 뒤라, 나를 검문하는 사천왕상의 눈빛은 한없이 너그럽다. 용소루 처마 끝에서 빈몸으로 허공을 가르며 울어대는 풍경처럼 오늘은 몸도 마음도 가

법다.

용소루를 지나 너른 마당을 가로지르면 적당한 높이의 기단 위에서 강렬한 눈빛이 나를 맞는다. 정면 3칸, 측면 3칸의 다포식 맞배지붕의 조선 중기 건축물인 보물 제834호 대웅전이다. 오랜 그리움 품고 피어나는 한 떨기 꽃처럼 대웅전의 자태는 단아하면서도 흔들림이 없다.

텅 빈 마당에 서서 대웅전을 바라본다. 눈 밝은 사람이 아니면 찾아올 수 없는 이곳, 영겁의 세월을 외로이 떠돌았을 독백 하나, 허기진 날들을 견디고 비로소 닻을 내린다. 인연의 끈을 붙잡고 다가오는 숨결처럼, 전생에 한 번쯤 다녀갔을 법한 절이다. 어쩌면 나는 이곳에 오기 위해 그토록 많은 사찰을 스쳤던 것은 아닐까.

절은 신라 진흥왕 18년(557년) 한 신승이 호거산에 들어와 대작갑사(현 운문사)를 중심으로 오갑사(대작갑사, 천문갑사, 소작갑사, 가슬갑사, 소보갑사)를 지었는데 서쪽의 소작갑사가 오늘날의 대비사다. 진평왕 22년에 원광국사가 중창하며 대비갑사로 바꾸었다는데, 불교의 대자대비(大慈大悲)라는 뜻으로 지어진 것이라고도 하고 신라 왕실의 대비가 수양을 위해 이 절에 오랫동안 머물러 대비갑사로 이름을 바꾸었다고도 한다.

호거산 품안의 박속마냥 적당한 크기의 절이 말없이 나를 안아 주고 대웅전은 길고 길었던 침묵을 위로하듯 손을 내민다. 빨려들 듯 법당으로 들어가 겨우 삼배의 예를 갖춘다. 이 아늑하고 뜨거운 기운의 정체는 무엇일까. 대웅전이 내 안으로 성큼 들어오고 나는 대웅전의 품에 안긴다.

요사채는 인기척이 없다. 새로 지은 듯한 뒷산 선원은 가을날의 빈집을 지키듯 허공만 응시하고, 감로수 떨어지는 소리가 염불을 대신해 천년고찰을 밝힌다. 고색창연한 단아함과 깊고 그윽한 우수가 겹쳐 기품이 묻어난

삼청각 가는 돌계단.

다. 안쓰러움이나 비굴함 따위는 결코 허락하지 않을 듯 간결하고 남성적
이다. 스스로의 결을 지켜내기 위해 묵언수행하며 고독을 사랑하는 사찰이
마음에 든다.

시대에 편승하며 속세와 물꼬를 트는 일에 중독된 생기발랄한 사찰들과
는 달리, 사찰로서의 본질과 정체성을 놓치지 않고 도약하려는 꿈틀거림이
보인다. 절 뒤편에 우뚝 솟은 기개 넘치는 억산의 형세도 대비사와 닮았다.

보물 제834호 대비사 대웅전.

대웅전의 시선은 앞산 너머 운문사를 향해 있지만, 승천하는 용의 품에 안
겨 절대적인 자유를 꿈꾸고 있는 것 같다.

입구를 지키는 느티나무 옆 오솔길을 따라 11기의 고승대덕들의 부도밭
에 들어서면 가을이 물들고 낙엽 지는 소리가 내 안에서 들린다. 부도밭의
맑고 고요한 분위기에 모든 것을 내려놓을 즈음, 용이 되어 승천하려다 이
무기로 변한 상좌의 억울한 전설을 간직한 억산 봉우리의 깨진 바위로 향
하는 등산로도 한 번쯤 걷고 싶다.

절 뒤 숲에서 마애 아미타삼존불입상을 조성하는 돌 깎는 소리가 천년의

꿈을 안고 몇 번이나 날아오르다 숲으로 떨어져 잠든다. 그의 손길에서 태어날 마애불을 위해 날마다 정성스런 기도로 하루를 열 석공을 생각한다. 아사달의 애절한 전설만큼 불심 가득한 석공에게 간절한 염원 하나 있어, 천년을 밝혔으면 좋겠다.

주지 스님은 출타 중이다. 공양주 보살도 절일을 돕는 처사님도 없다. 단출한 살림에 문화재를 관리하는 분 홀로 절을 지킨다. 주지 스님을 뵈러 다음 날 다시 절을 찾았을 때, 대웅전의 눈빛은 여전히 흔들림이 없고, 주지 스님은 번잡한 만남은 피한다는 전갈만 보내 오셨다.

눈 밝은 자 스스로 찾아와서 스스로 기도하고 공부하면 된다는, 문턱 높은 꼿꼿함이 싫지 않다. 하지만 내가 아닌 누군가 젖은 걸음으로 찾아왔을 때, 대웅전이 내게 손을 내밀듯 위무해 주시기를 바라며 천천히 대비사를 빠져나왔다.

잔잔한 호수 너머, 절은 숲에 가려 보이지 않는데 대비사의 은혜로운 향기가 멀리까지 따라 나와 배웅해 주었다. 호수에서 놀던 뭍별들 어느새 내 안에서 총총히 뜨기 시작하고.

애틋한 만남, 아름다운 별리

상주 남장사

노악산 아래 사하촌은 붉게 익은 감들이 선한 이마를 드러내고 마을을 밝힌다. 계절의 아름다움은 늘 거기에 새로운 모습으로 있어 마음이 시리다. 어느 집이라도 문 열고 들어서면 가을볕에 그을린 얼굴들이 반겨 줄 것만 같다. 빈틈없이 가을이 들어차 있는 노악산 골짜기 멀지 않은 곳에 천년 고찰이 숨어 있다.

남장사는 경상북도 팔경 가운데 하나로 신라 흥덕왕 7년(832년) 진감국사 혜소가 창건하여 장백사라 하였다가 고려 명종 16년(1186년) 각원화상이 지금의 터에 옮겨 짓고 남장사라 하였다. 보물이 여섯 점이나 있는 유서 깊은 절이다. 일주문이 보수 중이라 보광전으로 통하는 옆문으로 들어서니 지방 방송사에서 취재를 하느라 분주하다.

돌담길 따라 내려오다 담장 너머로 보이는 경내의 풍경에 마음을 빼앗기고 말았다. 스님의 예불소리에 조용히 타오르는 엄숙한 기도들, 소란스러움을 잠재우는 무구한 눈빛들이 싸하게 가슴을 적신다. 대적광전 열린 어간문 안으로 보이는 젊은 스님의 뒷모습이 유난히 고독하다. 숨죽인 탑과 나무들, 허공조차 불심으로 물들어 툭 건드리면 유채색 물감이 쏟아져 내릴 것만 같다.

천년고찰로서의 품격을 잃지 않으며 올곧은 정신을 지켜온 남장사는 층층시하 위계질서가 느껴지는 전각들의 배치조차 권위적이지 않으며 건축물은 자연의 일부가 되어 편안하다. 내실을 다져온 명찰다운 풍모 속에는 안온함이 흐른다. 극락보전 앞에 일촌의 역사를 가진 탑들조차 천년고찰에 어울리는 것은 나무 한 그루에도 불심의 역사가 흐르고 있기 때문이리라.

남장사 극락보전.

목조아미타여래삼존좌상(보물 제1635호)이 봉안된 극락전 안에서는 떠난 이의 영혼을 달래는 제(祭)를 지내는 중이다. 은행나무가 유난히 슬퍼 보인다. 영산전 오르는 나무테크 위로 떨어지는 샛노란 이별의 몸짓들, 스님의 경 읽는 소리가 애잔하다. 법당에서 슬픔을 정리하는 가족보다 모든 풍경을 바라보고 서 있는 내게 더 큰 쓸쓸함이 쌓인다.

누구라도 가장 아름다웠던 한때를 품고 이승을 떠날 수 있다면 좋겠다. 이제 누군가는 하염없는 부재의 기다림과 그리움을 안고 해마다 남장사를 찾아오리라. 가을날의 평화가 망자의 영혼에도 깃들길 기도하며 보광전을 향해 천천히 걸음을 옮긴다. 천년고찰 가슴팍 위로 쏟아지는 햇살들이 나를 살며시 일으켜 세운다.

얕은 가을볕이 배를 깔고 누운 보광전 법당에서 나는 기도한다. 가을날의 섬세한 숨결 같은, 그런 사람 되게 해 주소서. 철조비로자나불좌상(보물 제990호), 후불탱으로 봉안된 목각아미타여래설법상(보물 제922호) 두 보물의 시선이 두런두런 바깥으로 쏠린다. 서둘러 보광전을 빠져나왔다.

고려 시대에 제작된 맷돌이 온전한 상태로 발견되어 관심을 모으는 중이다. 현존하는 최대 크기로 민속학적인 가치가 상당할 거라는 전문가들의 설렌 기대감과는 달리 상부 맷돌의 창백한 얼굴빛과 마주하는 순간, 내 몸은 통증을 일으키며 딸꾹질을 해댄다. 응이진 그리움이 하얗게 출혈이라도 한 걸까. 상부 맷돌의 몸은 섬뜩하리만큼 희다.

세월의 때가 켜켜이 앉은 하부 맷돌의 다부진 몸체와 절제된 눈빛에 비해 극락보전 옆 계단에 거꾸로 엎어진 채 살아온 상부 맷돌의 불안한 눈빛은 자꾸만 가슴을 헤젓는다. 계단석이던 그가 어느 날 갑자기 상부 맷돌임을 알게 되면서 정체성의 혼란이라도 일으킨 걸까. 눈빛이 안쓰럽다. 숱한 시간과 세월의 농간을 온몸으로 증명하는 둘의 어색한 만남 앞에서 광란하듯 타오르는 단풍들, 세상은 지나치게 무겁거나 지나치게 가벼운 것 투성이다.

만남과 이별은 한 몸이다. 모든 만남은 이별을 전제로 한다. 극락보전 안에서는 애틋한 별리의 슬픔을, 보광전 앞 마당에선 감격적인 맷돌의 만남을 남장사는 말없이 지켜본다. 예불소리 낭랑하게 울려 퍼지는 이 진실한 순간에도, 우리는 온전한 내가 아니라 누군가의 무엇으로 회자되어 기억

담장 너머로 보이는 범종루.

속을 떠돌 것이다.

기댈 수 있는 누군가가 있다는 것은 얼마나 감사한 일인가. 연로하신 어머니를 모시고 오지 않은 것을 후회하고 뜬금없이 남편에게 문자도 보낸다. 갓 태어난 손녀와의 소중한 새 인연도 가슴 한켠을 밝힌다. 순간순간의 감동을 함께할 수는 없지만 언제나 나의 일부가 되어 가슴 적셔 줄 인연이다.

남장사는 보물만큼 주지 스님에 대한 존경심도 남다르다. 여든이 넘은 성웅 주지 스님을 예약 없이 뵙기는 곤란하다. 보광전 옆 주지 스님이 머무시는 요사채를 향해 공손히 합장하고 절을 나서는 한 처사님의 모습이 가을빛만큼 아름답다. 가슴 찡한 예법을 따라 나도 두 손 모은다. 주지 스님의 건강과 남장사의 평온한 질서가 무너지지 않기를 바라는 염원을 담았다.

남장사에는 보물보다 더 반갑고 그리운 것들이 살아간다. 극락전 대들보 위에 조각된 서수 두 마리와 소중한 한쪽을 돌아보게 한 맷돌, 남장사 입구를 지키는 해학적인 돌장승, 모두가 내 영혼을 밝혀 준 보물이다. 참으로 따뜻했던 시월 하순 어느 날의 인연이다.

지혜의 길은 언제나 버개로

봉화 축서사

문수산 800m 고지에 독수리 한 마리 웅크리고 있다. 독수리가 깃든 축서사(鷲棲寺)는 지혜를 상징하는 4대 문수성지의 하나로 신라 문무왕 13년(서기 673년)에 의상대사가 창건했다.

단체 관광객을 태운 버스가 붉은 마가목 열매 사이로 빠져나가자 휴일 오후의 사찰은 고요하다. 붉게 타오르는 문수산과 지형을 제대로 살려 배치된 큰 전각들이 위압적이리만치 장엄하다. 높은 계단 위의 보탑성전과 대웅전을 향한 소백의 준령들조차 무릎을 꿇고 낮은 자세로 물결친다.

전각은 대부분 새로 지었다. 부처님 진신사리가 봉안된 오층석탑은 세월이 가져다준 애잔한 소박미는 없지만 조각이 섬세하면서도 화려하다. 장대한 풍광에 걸맞은 중창불사는 불심의 정성 없이는 결코 이루어질 수 없다. 수천 년 뒤 고졸미가 흐르는 축서사를 상상하면 저절로 두 손이 모아진다.

오래된 전각은 보광전 하나뿐이다. 젊은 대웅전에 자리를 내주고 조용히 옆으로 물러나 앉은 조선 중기 건물, 신라 문무왕 때 만들어진 석조 비로자나불상과 화려한 목조광배(보물 제995호)를 지키며 묵언 중이다. 을사늑약으로 나라가 위기에 처했을 때, 일본군의 방화로 소멸의 아픔을 안고 흑백 필름처럼 살아가는 꽃이다.

지혜의 빛으로 세상을 두로 비추는 비로자나불의 수인, 오른손으로 왼손 검지를 말아 쥔 지권인에 마음이 한참 머문다. 오른손은 부처님의 세계이며 왼손은 중생의 세계를 뜻하며, 부처와 중생, 깨달음과 어리석음은 둘이 아님을 말한다. 고색창연한 중후함은 없지만 천년고찰의 명맥이 단단히 뿌리내린 절이다. 문득 주지 스님이 뵙고 싶다.

총무 스님을 뵙는 게 좋을 것 같다는 시자 스님의 조언에도 불구하고 주지 스님 뵙기를 간청했다. 어떤 마음의 준비도 없이 차방에서 주지 스님을 기다린다. 눈이 부시도록 맑고 정갈한 노스님이 문을 열고 나오신다. 선원장 무여 스님이란 걸 뒤늦게 알았다. 삼배의 예가 채 끝나기도 전에 편하게 앉으라고 손짓하신다.

정적이 흐르고 스님이 나를 뚫어지게 쳐다보신다. 무엇을 여쭤봐야 할지 당황스럽다. 예사롭지 않은 기운이 감돈다. 말씀도 움직임도 낮고 조용조용하다. 할 일이 산더미처럼 불어나 노예처럼 끌려 다니던 날들의 연속이었다. 갈증과 갈등으로 지쳐 있던 몸과 영혼에 촉촉한 단비가 내리는가 싶더니 차향 같은 자비로운 기운이 온몸을 타고 흐른다.

왈칵 눈물이 쏟아진다. 눈물은 정체를 알 수 없는 뜨거움으로 변해 걷잡을 수가 없다. 난감하다. 예의가 아니라고 생각하면서도 멈출 수가 없다. 난생 처음 경험하던 성전암의 새벽 예불 종성 앞에서 폭포수처럼 쏟아지던 그날의 눈물과 흡사했다. 내 의지와 상관없이 눈물을 쏟고 있다.

나직나직 스님이 말씀하신다. 인간관계에서 오는 정을 줄이고 꾸준히 수행해 나가야 내면의 참기쁨을 얻을 수 있노라고. 아무리 바쁘고 힘들어도 수행을 하다 보면 글에 힘도 생기고 일도 즐거워질 거라며 호흡법으로 하는 백팔배를 가르쳐 주신다. 이미 스스로 알고 있는 답이었는지 모른다. 그

사리보탑을 내려다보는 대웅전.

럼에도 정신과 육신은 텅 빈 것처럼 고요하다.

　마음 편한 것 만한 행복이 있던가? 행복으로 가는 지름길이 곧 수행임을 알면서 나는 어떤 간절한 목표도 없이 어설픈 앎만 가지고 주변을 얼쩡거렸다. 초심으로 돌아가 염불과 법문에 좀더 귀를 기울이고 새로운 각오로 산사를 찾고 글을 써야겠다는 각오가 선다. 삼매에 드는 일은 아무나 할 수 없다. 하지만 어떤 자세로 어떤 길을 가느냐는 참으로 중요하다.

　책이 나오면 꼭 보내 달라고 말씀하신다. 의욕과 자신감을 주기 위한 말씀이란 걸 모를 리 없다. 부처님 대하듯 공경하는 자세로 따뜻하게 맞고 배

보광전 앞에서 본 풍경.

웅해 주시던 스님, 내 눈물이 어디에서 비롯되었는지 알 수 있었다. 선지가 깊고 계행이 청정하신 참된 선지식의 모습이다. 무지함이 불러온 뜻밖의 행운, 그것은 수도 없이 회의가 들던 '산사 가는 길'의 연재가 가져다준 인연이기도 하다.

그동안 고색창연한 전각이나 고즈넉한 사찰의 분위기에 매료되어 절집을 찾아다녔다. 그렇게 얻은 평화는 수명이 짧았다. 허기진 몸과 영혼은 뜬금없이 마찰을 일으켰고, 나는 그런 나를 다독이느라 늘 분주했다. 절을 내려가도 내게 깃든 감동과 향기를 잃지 않으면 좋겠다. 다시는 길을 잃고 헤매지 않으면 좋겠다.

응향각을 빠져나오는데 보광전 앞 석등이 나를 잡는다. 그도 나도 허공처럼 무심한데 발 아래 굽이치는 산물결은 지극히 잔잔하고 따뜻하다. 의무와 무게로 느껴졌던 일들이 은혜롭게 다가온다. 산세가 빼어난 명당터에 자리잡은 축서사, 영겁의 세월을 살아온 독수리의 지혜로운 날갯짓이 들린다.

지혜로 가는 길은, 언제나 나를 향해 뻗어 있다. 미네르바의 올빼미는 황혼녘에 날개를 편다고 했던가.

너를 위한 소중한 기도
영천 묘각사

차는 영천댐을 끼고 달린다. 가끔 혼자서 찾아오던 길을 석 달 전 어미가 된 딸과 강보에 싸인 손녀가 동행 중이다. 길은 한때의 화사함과 초록의 풍성함, 형형색색의 찬란함을 거친 후 차분히 스스로를 굽어보고 있다. 계절이 보내오는 완곡한 서두름들, 숨이 멎을 것 같던 풍경은 그 새 어디로 사라졌을까?

겨울이 지닌 섬세한 생명력과 사색이 주는 충만함에 젖어들기를 바라는데 딸은 불쑥 직장 이야기를 꺼낸다. 육아 휴직으로 업무가 늘어나버린 부서원에 대한 미안함과 복직 후 육아 문제와 일에 대한 부담감이 그녀를 흔들고 있었나 보다. 아이의 사랑스러움에 빠져든 달콤한 시간 속으로 찾아온 뜻밖의 갈등과 고민들이 겨울 풍경을 앗아가 버린다.

한결 현실적이고 성숙해진 대화가 오간다. 잔잔한 수면 위로 장성한 자식의 든든함만큼 안쓰러움이 파도친다. 내 그릇의 크기만한 조언들을 주섬주섬 늘어놓다 습관적인 애착이란 걸 깨닫고, 바람 한 점 없는 수면 위로 빗나간 모성을 날려 보낸다. 잠시 말이 없다.

차는 댐과 작별하고 단풍도 가을걷이도 끝나 버린 쓸쓸한 산길을 꾸역꾸역 오른다. 나무들은 알몸이 되어서도 자리를 뜨지 않고, 차가 달릴 때마다

극락전 법당에서 본 산문.

길가에 쌓여 있던 낙엽들이 가볍게 몸을 들썩인다. 딸은 젊은 혈기가 불러올 무모한 과욕을, 나는 시나브로 찾아드는 노욕을 경계해야 할 시점에 이르렀나 보다.

신라 선덕여왕 때 의상조사가 창건한 유서 깊은 도량 묘각사(妙覺寺)가 보인다. 절이 있는 산은 창건할 당시 동해 용왕이 의상대사에게 설법을 듣기 위해 말처럼 달려왔다고 해서 기룡산으로 불린다. 대사가 법성게 일구를 설하자 용왕이 묘한 깨달음을 얻어 곧바로 승천하여 감로의 비를 뿌렸으며, 이는 당시 관내의 오랜 가뭄을 해소하는 단비가 되었다고 한다. 이에 대사가 묘한 깨달음을 얻어 사찰이름을 묘각사라 하였다.

게다가 절의 부근은 예로부터 불보성지로 알려져 있다. 절의 뒷산은 보현보살이 머무른다는 보현산이며, 산 아래 동네는 미륵불의 용화삼회 설법을 상징하는 용화동에 이어 삼매동, 선원동 등 수많은 지명이 마치 불국정토를 칭하는 듯하다. 그래서인지 산문을 들어서기도 전에 마음이 평화롭다.

겹겹의 산들이 적당한 거리를 두고 트인 시야를 막아 주어 절은 아늑하면서도 시원하다. 일주문 없이 ㄷ자 건축물에 산문이 붙어 있는 독특한 건축양식은 단청이 없다면 여염집의 행랑채로 착각할 법하다. 전각의 문살들도 소박하고 단아하다. 온순한 눈빛의 백구 두 마리가 무료함을 달래며 길손을 맞는다.

우리는 서로의 생각에 빠져 경내를 둘러본다. 극락전 법당에 앉아 스스로를 돌아보는 시간을 갖게 하고 싶었지만 아기가 칭얼대며 계획을 방해했다. 딸은 본능적으로 자기를 내려놓고 법당에 들어가는 일을 접고 아이를 어르며 산문을 나선다.

엄마의 역할에 충실하기 위해서 다른 하나를 과감히 비울 줄 아는, 본능에 가까운 인내력을 발휘하는 딸아이의 모성이 짠하다. 그 마음을 알 턱이 없는 아이는 무엇이 불편한지 자꾸만 칭얼댄다. 아이 키우는 일은 숱한 노력과 인내의 연속임을 깨닫게 될 것이다. 누구나 피해 가고 싶어 하는 것들과 대면하면서 우리는 성장하는지 모른다.

나는 극락전 법당에서 아미타부처님을 향해, 딸은 아이를 안고 묘각사 산문 앞을 서성이며 사색에 잠긴다. 숲은 한순간도 같은 모습으로 살아가지 않는다. 숲이 열리는 소리, 한량없이 대지를 감싸안은 하늘의 품을 올려다보며 딸은 무언가를 얻으리라. 그리고 무(無)를 향한 평온한 걸음에서 참기쁨을 얻을 수 있다는 것도 깨달을 것이다.

잠시 돌아앉아 열린 어간문 사이로 밖을 본다. 오후의 햇살이 내려쬐는 산문 밖에 별천지가 보인다. 나와 딸, 그리고 어리석은 중생들의 번민과 사랑, 슬픔이 잉잉하게 차오르는 곳, 법당에 앉아서 바라보니 겹겹의 산 너머, 내가 사는 바로 그곳이 도솔천처럼 느껴진다. 묘하고 신통한 마음 잘만 다스리면 극락이 따로 없는데 등잔 밑이 어두웠던 것은 아닐까.

우리는 지혜를 바로 옆에 두고도 어둠 속을 헤매듯 방황할 때가 있다. 언젠가는 딸도 추억을 되짚으며 이곳을 찾아 번잡한 마음 내려놓고 스스로를 되짚어 볼지 모른다. 그런 날 묘각사의 이름처럼 소중한 깨달음 하나 얻고 갈 수 있다면 좋겠다. 산문 앞에 서서 하염없이 사바세계를 바라보고 서 있는 딸과 그 품에 안긴 손녀를 위해 기도한다.

'스스로 사랑하는 법과 침묵하는 법을 배우고, 넘어지면 스스로 일어서는 법을 배우게 하소서. 힘이 들면 가까이 갈 수 있는, 빗장 열려진 곳을 향해 사다리를 내릴 줄 아는 지혜를 갖추게 해 주소서. 마주 잡아 주는 손이

있지만 행여 외롭다 방황할 땐 같은 쪽으로 부는 바람이 있음을 깨닫게 해
주시고, 아주 작은 것에 참다운 행복이 머물고 있음을 한순간도 잊지 않게
해 주소서. 그리고 나 아닌 다른 이를 위해 기도할 줄 아는 넉넉한 사람이
되게 해 주소서.'

　겨울햇살이 감미롭다. 차담을 청한 주지 스님에게선 아무런 소식이 없고
삼대를 지켜보는 아미타부처님의 시선만 유난히 자비롭다.

마애불의 미소는 어디에

봉화 지림사

오염되지 않은 산세를 자랑하는 청정지역 봉화. 호랑이가 걸터앉은 형국을 지닌 북지리 호거산 자락에 지림사(智林寺)가 있다. 신라 문무왕 13년 (673년) 의상대사가 지림사에서 산쪽을 바라보다 멀리 서광이 비치는 곳에 지금의 축서사를 지었다고 전한다.

지림사 일대는 '한절'이라 불리는 큰 사찰과 부근에 27개의 사찰이 있어, 수도하는 승려가 500여 명에 이를 정도였다. 조선 정조 때 저술된 『신증동국여지승람』에 '지림사는 문수산에 있다'라는 기록으로 보아 조선 중후기까지 사찰이 존속하며 법통을 이어온 것을 알 수 있다. '화재로 인해 소실되었다' 혹은 '축서사로 인하여 사세가 기울었다'는 등의 이유로 폐사되었다고 한다.

그러다 1949년경에 한 승려가 법당을 세우고 수월암이라 불렀다. 땅속에 묻혀 있던 마애불여래좌상을 발견하여 지림사라는 이름을 되찾아 다시 불사하여 전통을 이어 오고 있다. 부석사 가는 길목, 너른 들녘을 외다리 물새처럼 지림사가 지키고 있다.

지림사에는 7세기 후반쯤에 제작된 것으로 보이는 높이 4.3m 부조 형식의 거대한 마애여래좌상(국보 제201호)이 있다. 현재까지 파악된 우리나

마당이 넓은 저림사.

라의 마애불은 모두 200점이 넘지만 이 가운데 국보는 7점뿐이다. 그중 하나가 북지리 마애불여래좌상이다. 자연 암석을 파서 만든 감실은 무너지고 보호각 속에서 태백산을 바라보듯 눈길은 동북쪽으로 향한다.

　일주문이 없는 경내에 들어서자 멀리서도 마애불상이 눈에 띈다. 새로 지은 전각들은 띄엄띄엄 거리를 두고 너른 마당은 더 황량해 보인다. 단조로운 절 풍경이 마애불의 존재감을 훨씬 크고 웅장하게 한다. 거침없이 위협적으로 불어오던 바람도 지림사 마당에서는 포복하듯 엎드리고, 척추를

국보 제201호 마애여래좌상.

곧추세운 이들조차 저절로 고개가 숙여질 수밖에 없다.

가까이 가서 보니 그 장중함이 더 놀랍다. 비가 오거나 흐린 날 몸이 먼저 저기압의 신호를 감지하듯 불가항력적인 힘에 이끌려 절부터 하게 된다. 나의 기도가 하루살이의 무심히 내젓는 날갯짓과 무엇이 다르랴만, 흔들림 없고 끝없이 아득하면서도 평온한 기운에 사로잡힌다.

나를 따라다니던 수식어들이 일제히 사라지고 몸도 마음도 가볍다. 태생의 동물들만이 갖는 징표인 배꼽 한가운데 앉아 있는 기분이다. 모체와 분리되는 최초의 단절, 불안은 그곳에서 시작되지 않았던가. 삶의 젖줄이며 생명줄이 되어 준 나의 모든 기도가 돌아가는 곳이기도 하다.

상처투성이 마애불이 내뿜는 아우라에서 슬픔이 묻어 나온다. 마애불을 쳐다볼수록 나는 한없이 작아지고 외경함에 찬탄할 뿐이다. 온갖 고난과 아픔을 이겨낸 세월이 안겨 준 훈장을 모를 리 없다. 마애불의 장엄한 위엄 뒤로 인간적인 고뇌가 크게 다가온다. 움츠러든 어깨와 풍화와 훼손으로 떨어져 나간 오른손, 보일 듯 말 듯 한 미소, 보이는 것보다 보이지 않는 것들이 묵직하게 가슴을 헤집는다. 일상의 번잡함과 흔들림을 내려놓고 나를 찾던 여느 때와 달리, 나는 하나의 미약한 생명체가 되어 마애불을 바라본다.

얼마나 많은 비바람이 다녀갔을까? 나는 마애불의 사라진 미소를 찾아 헤맨다. 숨은 그림을 찾듯 세상 빛을 보던 날의 온화한 표정을 상상하기도 하고, 미간을 찌푸리며 실눈을 떠보지만 좀처럼 잡히질 않는다. 군데군데 깨지고 뭉개진 자리에는 민초들의 한과 슬픔이 두껍게 녹아 흐른다. 처음 누군가가 혼을 불어 만들었을 그 옛날의 선명한 미소가 그립다.

수천 년 전, 누군가의 간절한 불심에 의해 존재감을 드러낸 마애불, 순수한 자연의 경계를 허물고 경외의 옷을 입는 순간 고난은 시작되었으리라. 무릎을 꿇고 간절함을 호소하는 기도가 바람이 되어 밀려든다. 마애불의 가슴을 툭 치면 역사가 남기고 간 수많은 아픔들이 선혈처럼 쏟아져 흐를 것만 같다.

길고 긴 옹이진 세월을 건너왔을 마애불의 심경을 어떤 말로 설명할 수 있으랴. 언어의 경계 저쪽 너머에서 마애불은 무심히 앉아 있고, 사람들은 보물을 찾듯 숨어 있는 미소를 찾아낸다. 그들에게는 지극히 평범하고 쉬운 일이 나에게는 번번이 어렵고 힘들다. 때가 되면 누구나 돌아가야 할 가장 근원적인 곳, 언어가 없는 그 길목에도 마애불이 있을 것 같다.

바람을 동무 삼아 할머니 한 분이 걸어온다. 자그마한 육신과 소박한 몸놀림, 더 이상의 욕심도 없어 보이는데 더 내려놓을 것이 있으랴. 쇳소리가 날 것 같은 무릎관절은 절을 허락할 리 없다. 선 채로 삼배를 올리는 할머니의 얼굴에는 거친 세월의 숨결이 선명하다. 할머니께 물었다. 아프지 않고 좋은 곳에 갈 수 있도록 기도하셨는지를.

"살아온 대로 가는 길도 정해져 있지. 엉터리로 살아 놓고 이제와 그런 기도하면 못써. 그건 도둑놈 심보야."

합죽한 웃음 한 자락 흘려놓고 또 법당을 향해 걸음을 옮긴다. 할머니의 얼굴에는 잔잔한 겨울 햇살 같은 미소가 걸려 있다. 그것은 여유와 달관이 빚어내는 마애불의 미소다.

우리의 삶이 더욱 환해지는
의성 수정사

첫눈이 내린다. 잔디밭에도 집 앞 상수리나무 가지에도 하얗게 눈이 내린다. 전원을 적시는 설경을 사진에 담아 친구에게 보냈다. 며칠 간의 해외 연수로 잠을 설쳤다던 그녀가 푸석한 목소리로 절에 가자고 제안한다.

방점 찍히듯 남아 있는 그녀와의 추억을 떠올리며 흔쾌히 집을 나섰다. 생각이 많고 소심한 나와 달리 그녀는 늘 적극적이고 대범하다. 눈은 녹고 하늘은 무심히도 맑지만 모처럼의 수다가 눈꽃처럼 화사하다.

"저 산에 묘를 쓰면 후손이 큰 부자가 되지만 마을에는 심한 가뭄이 든다네. 그래도 기어코 밤을 틈타 몰래 묘를 쓰고, 마을 사람들은 화가 나서 오물을 갖다 뿌리고…. 지금도 산에 가면 오물을 뿌린 구덩이가 남아 있대."

차가 금성산을 끼고 달릴 때, 친구가 전설 같은 이야기들을 풀어낸다. 고단하던 시절 어두운 탄식들이 들릴 것만 같은데 산은 늠름하고 기품이 넘친다. 잘생긴 기암괴석이 뿌리를 박고 있는 명산이다. 길은 비봉산과 만나는 지점에서 끝이 났다. 금성산과 비봉산 그 사이 계곡을 끼고 수정사(水淨寺)가 자리잡고 있었다. 아늑하다.

고운사 말사로 신라 신문왕 때 의상이 창건한 절, 『동국여지승람』에는 수량사(修量寺)라고 소개된 절이다. 임진왜란 때는 사명대사 유정이 머물며 승병의 보급기지 역할을 하였다고 한다. 조선 헌종 때 대광전만 남기고 불에 탄 것을 뒤에 중수하였으며, 월산 스님과 탄허 스님 같은 대선사가 머무시기도 했다. 이 지역의 불자들에게는 성지처럼 사랑받는 절이지만, 내게는 친구의 유년을 담고 있는 곳이라 더 특별한 곳이다.

수년 전 동짓날, 그날도 눈이 왔다. 불자인 그녀는 나를 이곳으로 데려와 팥죽을 먹였다. 좋은 곳이면 어디든 나를 데리고 가는 친구가 있어 절집은 더 편안했고 팥죽도 기가 막히게 맛있었다. 눈 쌓인 절을 배경으로 찍은 사진에는 환한 미소와 함께 커다란 대접에 팥죽을 떠주던 공양주 보살의 후한 인심이 아른거린다.

금성산의 기운이 약수로 변하여 사시사철 샘물이 마르지 않는다는 수정사(水淨寺), 오늘도 절의 입구에는 약수를 받는 사람들이 보인다. 오래 된 벚나무 한 그루와 돌에 새겨진 약사여래불이 일주문을 대신한다. 크기와 높이가 다른 돌들이 어깨를 맞댄 채 운치를 더하고 앙상한 벚나무 그림자와 낮달이 우리를 경내로 이끈다.

다행히 절은 변화의 물결을 비켜나 소박한 고졸미를 그대로 간직하고 있다. 고향집을 찾아온 듯 포근하다. 대광전을 받치는 돌너덜을 연상케 하는 돌무더기는 아무도 흉내낼 수 없는 걸작이다. 새파란 이끼 옷을 입은 돌들이 부처님을 모시는 수미단처럼 주법당과 나무들을 받쳐 주고 있다. 이 질박하면서도 이색적인 풍경은 말더듬이 박 처사의 불심이 담긴 역작이라고 한다.

오래도록 머물고 싶어지는 공간이다. 나는 법당에 들어가는 것조차 잊고 요사채 마루에 걸터앉아 돌무더기를 바라본다. 박 처사에 대한 이야기를 듣고 싶은데 아는 이가 없다. 분주히 경내를 오가며 궂은 일을 하는 그의 젖

소박하면서도 운치 있는 대광전.

은 목덜미와 활짝 열린 법당 문 안에서 말없이 지켜보던 부처님의 온화한 미소가 한 편의 영상처럼 흐른다.

땔나무와 잡일, 절간의 궂은일을 도맡아 하면서도 묵묵히 돌을 쌓아올렸을 박 처사의 불심을 생각한다. 그는 전생에 조금은 게으르고 절밥만 축내는 불목하니였을지도 모른다. 고단한 몸 하나 절집에 얹혀살면서 무슨 소원이 그토록 간절했을까? 돌무더기 옆에 시멘트 옷을 입고 서 있는 수정 같은 샘물은 알고 있으리라. 큰 법회나 예불에는 참석하지 않았지만 그는 날마다 염불 소리 들으며 업을 씻어 내렸고, 내면에는 종소리 같은 평화로움이 그를 즐겁게 했으리라. 오래된 돌무더기가 그가 어떤 사람인지 말해 준

풍광 좋은 요사채와 금성산.

다.

높은 곳에서 나를 내려다보는 대광전을 향해 나는 박 처사를 생각하며 가운데로 나 있는 돌계단을 오른다. 세월의 무게가 느껴지는 좁고 가파른 계단은 편리하고 정갈한 것을 외면하고 있는 그대로 세월을 다독이고 있다. 살다 보면 묵직한 세월의 힘이 야속할 때도 있지만 때로는 감동의 눈시울을 젖게도 한다. 시간의 흔적이 만들어낸 아름다움을 고집스럽게 지키는 주지 스님의 지혜로운 안목도 고맙다.

비로자나 부처님이 봉안되었을 거라 생각했던 대광전에는 석가모니 부처님이 계신다. 불목하니 박 처사의 외로운 불심이 더해져서일까. 겨울 법당이 따뜻하다. 불목하니 박 처사에게 숙제처럼 따라붙던 업과 그의 길고 외로웠을 기도가 자꾸 내게 말을 건다. 숨 가쁜 세월, 나는 어쩌면 빚쟁이로 세월을 보내고 있는 것은 아닌가?

풀어야 할 이승의 업은 많은데 절간의 풍경은 쓸쓸하고 삭막하다. 공양주 보살 없는 절이 점점 많아지고 있다. 불목하니는 이미 사라진 말이며, 불심 없이는 할 수 없는 일들이 물질에 밀려 외면 받는 세상이 되었다. 법당을 두리번거리는 나와 달리 친구는 다소곳이 절을 하고 있다. 어디에서나 생각보다 몸이 앞서는 친구다.

뒤늦게 나도 오래된 것들을 위해 기도한다. 박 처사의 역작처럼 별 특징 없고 평범한 돌도 기도와 정성이 더해지면 아름다워지듯, 우리의 오래도록 이어져 온 우정에 감사했다. 사랑 없는 세상에 때때로 우리의 삶이 환해지도록, 수정사 앞뜰에 피는 벚꽃처럼 자비를 베푸시길.

아름다운 천년의 고독

경주 분황사

인적 없는 분황사(芬皇寺)에 겨울비가 내린다. 나무들의 젖은 손짓이 기도하듯 평화로운 날, 명절 연휴의 분황사는 더없이 적막하고 스산하다. 비는 그칠 기미를 보이지 않고 하염없이 내린다. 그 너른 주차장은 텅 비어 있다.

불국사의 말사로 신라 선덕여왕 3년(634년)에 창건된 분황사는 선덕여왕의 숨결이 살아 있는 절이다. 여왕이 즉위할 때 당나라 태종이 모란꽃 그림을 선물하자, 벌과 나비가 없는 것을 보고 향기 없는 꽃임을 눈치 챈 후, 당태종이 자신을 조롱하는 것에 빗대어 향기 나는(芬) 황제(皇)의 절(寺)이라 이름 붙였다고 한다.

날씨 좋은 어느 봄날 황룡사를 찾았을 때 사람들로 붐볐다. 지혜로운 여왕의 이미지나 원효대사의 깨달음은 바람결에 스치는 언어가 되고 마음은 봄날에 들떴다. 조용한 분황사를 만날 기회는 주어지지 않았다. 아무도 없는 분황사에 가면 달아났던 언어가 돌아와 기다리고 있을지도 모른다는 생각을 했다.

절문을 들어서자 국보 제30호 모전석탑(模甎石塔)이 비를 맞고 서 있다. 신라 최초의 석탑이며 우리나라에서만 볼 수 있는 특이한 양식이다. 인도

일주문을 대신하는 출입구.

에서 시작되어 중국을 거쳐 신라로 들어올 당시 중국에는 흙으로 벽돌을 구워 만든 전탑이 유행했다. 하지만 벽돌 만들 환경이 여의치 않던 신라인들은 자연석을 일일이 깎아 모전석탑을 만들었다.

유학파 스님들이 만든 모전석탑은 창건 당시 7층이나 9층으로 추측되지만 임진왜란 때 반이 파손되고 지금은 3층만 남아 있다. 기단의 각 모서리에는 사자상 네 마리가, 일층 네 개의 문에는 우리나라 최초의 인왕상 여덟 구가 부드러우면서도 강인한 모습으로 탑을 지키고 서 있다.

근육질 사내의 분노에 찬 표정과 불끈 쥔 주먹, 금강역사상이라 불리는 인왕상은 불교의 법을 수호하는 존재로 사찰이나 불상을 지키는 수문장 역할을 한다. 탑의 꼭대기까지 연꽃장식을 만들 정도로 절과 탑에 대한 애정이 대단했던 선덕여왕과 신라인의 불심이 드러나는 걸작이다. 하지만 오늘은 1300여 년을 견뎌 온 석탑의 위용조차 무색하다.

두 눈 부라리며 지켜온 사리장엄구는 백 년 전에 발견되어 지금은 경주박물관에 있다. 그런데도 인왕상은 여전히 분노에 찬 표정을 내려놓지 못한다. 신라인의 불심과 예술혼을 대변하는 특유의 감각들과 살아 있는 저 정교함도 언젠가 호물호물 눈물처럼 내려앉을 것이다. 세월은 끊임없이 서 있는 것들을 공격하지 않는가.

담장 너머에는 신라 최고의 사찰, 황룡사가 있었다. 한때 서라벌을 밝혔을 당당한 자태의 두 절은 어디 가고, 모전석탑 홀로 반쪽짜리 키로 담장 너머 황룡사지를 하염없이 바라본다. 탑을 바라보는 나의 한 쪽 가슴도 기운다. 황무지가 되어 버린 절터에는 무심히 겨울비만 내리는데….

머지않아 유채꽃 피는 봄이 오고 또 다시 메밀꽃 부케 같은 여름 찾아와 온몸이 아득해지기도 하겠지만, 오늘처럼 비가 오는 날에는 욱신욱신 슬개골 쑤셔와 스스로의 무게조차 버거울 텐데 저 흔들림 없는 눈빛은 무엇인가? 모전석탑을 지켜온 것은 네 마리의 사자상도, 여덟 구의 인왕상도 아닌 천년의 고독 속에 감추어 둔 질긴 그리움인지 모른다.

사진을 찍을 때마다 출입문 근처를 지키고 서 있는 음료자판기가 눈에 거슬린다. 무채색 분황사 겨울 풍경이 원색의 자판기와 묘한 대조를 이룬다. 잠시 탑의 고독이 와르르 무너진다. 이 비 그치고 나면 다시 관광객들 찾아와 예찬하고 탑은 기품 넘치는 모습으로 누군가의 가슴에 기억되리라.

분황사를 적시는 쓸쓸함 사이로 애잔함이 흐른다. 아무도 없는 절, 마당에 고여 있는 빗물을 조심스레 피해 다니며 모전석탑을 돌고 또 돌아보지만, 천년의 저쪽, 신라의 향기는 까마득히 멀기만 하고 탑은 미동도 않은 채

비를 맞고 있는 무전 석탑.

찬란했던 한때의 시공(時空)을 더듬는다. 화무십일홍(花無十日紅), 영원히 붉은 꽃은 없다 했던가.

바람에 날리는 겨울비가 내 옷자락을 적신다. 우산을 든 손도 시리다. 나는 작고 아담한 보광전으로 향한다. 빗속에서도 어간문은 활짝 열려 있다. 유난히 커 보이는 약사여래입상이 신발을 벗고 들어서는 나를 가만히 지켜본다. 약함을 든 손과 넙적한 얼굴, 너그럽고 수더분한 인상은 여느 부처님보다 편안하다.

그 옛날 희명(希明)이 앞 못 보는 자식의 눈을 뜨게 하기 위해 천수대비부처님 앞에 설 때의 심정을 생각하니, 나의 작은 소원조차 사치다. 빗속을 뚫고 분황사를 달려올 수 있는 건강과 여유가 주어짐에 감사하자. 문 밖에는 겨울비가 소리없이 내리며 갈 길을 막고, 법당은 안온하다.

혼자 법당을 차지하고 비 오는 겨울 풍경에 젖어들 때, 젊은 불자 한 분이 마당을 가로질러 법당으로 들어선다. 그녀도 나처럼 혼자다. 자리를 비켜주고 나오는 내 뒤로 절을 하는 그녀의 뒷모습이 유난히 간절해 보인다. 모전석탑의 고독한 뒤태를 닮은 그녀의 기도도 이루어졌으면 좋겠다.

겨울비가 자꾸 허무감을 부추긴다. 이런 날은 저자거리를 돌며 춤추고 〈무애가(無碍歌)〉를 부르던 원효대사의 유현한 일생이 그립고 그립다.

느티나무 아래에서

달성 도성암

햇살을 동무삼아 도성암(道成庵)까지 걷기로 했다. 굽이굽이 비슬산을 감고 오르는 콘크리트 길을 한 시간 가량 걸으면 비슬산 최고의 참선도량, '천인득도지(千人得道地)'로 불리는 도성암이 나온다. 저마다 다른 수피의 나목들이 인사를 건네 오는데 나무의 이름을 기억하지 못해 사진을 찍고 눈을 맞춘다. 청량한 기운이 온몸으로 퍼지는 행복한 산행이다.

남편은 목적지를 향해 성큼성큼 앞서 걷고 나는 겨울 산의 매력에 빠져 엉뚱한 짓을 하느라 시간을 지체한다. 그런 나를 재촉하거나 책망하지 않고 남편은 한 번씩 뒤돌아보고 기다려 준다. 우리는 서로를 인정하며 다른 생각에 잠겨 같은 길을 걷고 있다.

잡목 숲이 끝나자 잘생긴 소나무숲이 한참 이어지더니 얼마 지나지 않아 확 트인 골짜기 건너편, 해발 700m 고지에 청기와가 보인다. 도성암은 선산 도리사, 팔공산 성전암과 함께 경북 3대 참선수도처 중 하나로 신라 혜공왕 때 도성(道成) 스님이 창건하였다.

『삼국유사』에는 도성과 관기의 득도에 관한 이야기가 전해진다. 신라 때 포산(비슬산)에 도성과 관기라는 두 성사가 있었다. 도성은 북쪽 굴, 관기는 남쪽 고개 암자에서 살며 구름을 헤치고 달을 노래하며 10여 리 거리를

선원 뒤로 보이는 설산.

서로 왕래하였다. 도성이 관기를 부르려고 하면 산속의 나무가 모두 남쪽으로 굽어 영접하는 것처럼 보여 이를 보고 관기는 도성에게 달려갔으며, 관기가 도성을 맞이하고자 하면 나무가 북쪽으로 구부러져 도성이 관기에게로 달려갔다.

어느 날, 도성이 굴 뒤 큰 바위에서 좌선을 하던 중 바위를 뚫고 하늘로 올라갔는데 그 간 곳을 알 수가 없다. 얼마 뒤 관기도 도성을 따라 세상을 떠났는데 그 역시 간 곳을 알 수 없었다. 지금은 두 성사의 이름을 따서 그들이 살던 곳에 도성암과 관기봉이라 이름 붙였다. 도성이 도를 통하여 바위를 뚫고 사라진 바위를 도성암(道成巖) 혹은 도통바위(道通巖)라 부르고 그 아래에 도성암을 지은 것이다.

대나무로 만든 소박한 정낭이 암자의 산문을 대신한다. 활짝 열려 있지만 수행도량이라 발소리를 낮춘다. 스님의 털신 하나가 단정히 놓여 있는 도성선원, 유리문에는 오후의 햇살이 그려놓은 나뭇가지들이 황홀하게 일렁인다. 청기와로 치장한 대웅전이나 푸른 소나무숲, 예사롭지 않게 솟아 있는 도통바위조차 잊은 채 홀린 듯 커다란 느티나무를 바라본다.

느티나무 아래에는 부부인지 연인인지 모를 남녀가 서 있다. 서쪽으로 기우는 햇살 때문에 얼마만큼의 거리를 둔 그들의 풍경은 검은 실루엣이 되어 그림처럼 아름답다. 마당 한가운데 서 있는 삼층석탑이 무색하리만치 다가가도 미동을 않는다. 간절한 몸짓이나 우수 따위는 보이지 않는다. 옹이진 싸늘함이 감도는 그들의 침묵을 나무는 느긋하게 내려다보고 있다. 그들 사이에 흐르는 냉랭함을 피해 남편과 나는 조용히 대웅전 법당으로 향한다.

뜰 아래에는 잔설이 남아 있지만 비닐 방한복으로 무장을 한 법당 안은

느티나무와 삼층석탑.

아늑하다. 최고의 기도처에서 특별한 기도를 하고 싶은데 난감하다. 적당한 기도가 떠오르질 않는다. 마당 끝에 서 있는 느티나무만 아른거리다 얼떨결에 조금 전에 본 두 사람을 위해 기도하고 말았다. 행여 서로의 무게가 버겁고 힘겹더라도 모진 말로 상처 주지 않기를, 인간은 슬프려고 태어났다는 말로 부디 위안 삼기를.

법당을 나오자 그들은 떠나고 없다. 대신 중년 남자 하나 나무의자에 앉아 허공을 바라보고 있다. 남자의 고독은 둘 사이에 흐르는 냉랭함보다 더 무겁고 안쓰럽다. 무너지지 않으려고 버티는 몸짓과도 같은 아픔이 느껴진다. 그것이 비록 잠깐의 휴식이라 할지라도. 곁에 있는 느티나무의 자태는 정령이 깃든 것처럼 신령스럽다.

아무도 없는 느티나무 아래 남편과 나란히 선다. 미세먼지로 산 아래는 뿌연 허공에 잠겨 모습을 드러내지 않고, '도성대사 나무'라는 이름을 가진 250살의 느티나무가 벼랑 끝을 지킨다. 고개를 젖히고 우러러본다. 섬세한 가지들이 참선하듯 허공을 향해 저마다 길을 내고 있다. 맑고 청아한 기운들이 뻗어 가는 길을 따라 아름다운 생명의 언어들이 물결친다.

시름에 젖어 홀로 찾아와 머물다 가도 좋을 자리, 눈길이 향하지 않아도 무언가 곁에 있다는 것만으로 충분히 위로받고 용기를 얻을 수 있으리라. 조용히 서쪽을 응시하는 남편, 문득 그의 처진 어깨를 보고 말았다. 허무함으로 구멍 난 내 시간에 집착하느라 상대를 살피지 못했다. 언제나 햇살처럼 은은하고 든든한 존재로만 여겨왔다.

가까운 사이일수록 거리를 두고 바라볼 필요가 있다. 그는 느티나무 같은 존재여야만 했다. 지치고 쓰러져서는 안 될 무게로 버티는 나무. 그가 가진 긍정성이 아픔과 시름 속에서도 사랑하며 살도록 이끌었으리라. 가끔은 모든 것 내려놓고 고독 속에 남겨지고 싶었을지도 모른다.

숙연하다. 눈먼 나를 위해 기도한다. 나보다 남을 보살피는 마음으로 삶을 채색하고 싶다. 평온한 저녁 인사처럼. 암자를 나서는데 비슬산 정상에 하얗게 쌓인 눈이 보인다. 잔설 같은 낮달 하나 멀찌감치 서성인다. 낮달을 처음 본다는 남편의 말이 애잔하게 따라 걷는다.

네가 사는 이곳이 피안

포항 오어사 자장암

상큼한 겨울날, 반쯤의 물만 채운 오어호는 공사중이다. 호수를 가로지르는 흔들다리나 오어사의 아침 풍경은 등산객들로 어수선하다. 그들의 한량없이 가벼운 웃음과 대화들이 내 귀를 자극한다. 그들에게 오어사는 그냥 스쳐지나가는 길목에 있을 뿐이다. 개발의 편리함이 빚어낸 풍경을 나는 쉽게 받아들이지 못하고 옛날의 오어사를 자꾸만 그리워한다.

운제산은 신라사성(新羅四聖)으로 불리는 자장, 의상, 원효, 혜공이 수도한 명산이다. 오어사를 중심으로 골짜기에 아늑하게 자리잡은 원효암, 가파른 바위산에 아슬아슬하게 자리잡은 자장암(慈藏庵), 두 암자의 느낌은 많이 다르지만 전설 속의 스님들은 구름을 사다리 삼아 서로 왕래하였다고 한다. 그래서 구름 운(雲), 사다리 제(梯)자를 써서 '운제산'이라 부른다.

오어사의 아침 예불소리는 인파 속에서 외로운 배경이 되어 흐르고, 절은 관광지처럼 변해 가고 있었다. 사람들은 왁자지껄 절을 구경한 뒤 사진을 찍으며 추억을 남기느라 정신이 없다. 커다란 동종 앞에서는 한 무리의 남자들이 게임을 하듯 동전을 던지며 환호성을 지른다. 예불소리 홀로 대웅전 근처를 맴돌 뿐 경건한 산사의 아침 풍경은 고대할 수가 없다. 휴일에

오어호를 내려다보는 자장암.

산사를 찾아나선 나의 불찰이다.

오어사 뒤쪽 산 위에 앉아 있는 자장암이 보인다. 접근조차 쉽지 않은 천상의 세계, 마치 영겁의 시간을 안고 살아갈 것만 같다. 아픔과 괴로움, 시끄럽고 번잡한 세속을 뒤로하고 살아가는 자장암의 눈빛을 만나고 싶다. 자장암은 오어사(吾漁寺)의 산내 암자로, 신라 진평왕 (578년) 자장율사와 의상조사가 수도한 곳으로 오어사와 함께 창건된 절이다.

이십여 년 전 가파른 산길을 미끄러지며 올라갔던 기억을 더듬으며 산을 오른다. 숨이 차고 다리가 아프면 간간이 나무그루터기에 앉아 숨 고르며 일상 속의 나를 만나는 것도 좋다. 부도밭을 지나자 대나무 숲길이 바람을 품고 일렁이며 길을 연다. 뜻밖에도 가파른 경사길마다 나무계단이 친절히 놓여 있다. 옛것을 그리워하면서도 편리한 나무계단 앞에서 좋아하는 부조리한 내 몸을 읽는다.

산길은 인적 없이 고요하다. 한 마리 까마귀가 정적을 깨며 지나갈 뿐, 겨울 햇살이 잡목 숲의 주인이다. 숨이 찰 때마다 산 아래 풍경을 돌아본다. 나뭇가지 사이로 어른거리는 호수의 풍광보다 얼마큼 올라왔는지 가늠해 보는 뿌듯함도 크다. 숨소리가 거칠어질수록 소음은 멀어지고 나는 숲의 일원이 된다. 북적대는 둘레길에 비해 자장암 오르는 산길은 여유로 넘친다.

외롭고 적적할 거라 여겼던 산길은 아늑했지만 아쉬울 정도로 짧았다. 자장암과 인사를 건네기가 무섭게 세찬 바람이 안겨들어, 나만의 특별했던 의례도 이내 끝이 나고 말았다. 고즈넉한 암자를 예상했는데 산 너머로 이어지는 차로를 이용한 차들이 벌써 주차장을 가득 메우고 있다.

제를 지내는지 사람들로 북적대는 설법전을 지나쳐 무심의 그림자 길게

드리우고 벼랑 끝에 서 있는 대웅전으로 향한다. 애초의 목적지도 그곳이었다. 대웅전은 허공 속에 가려진 동해의 푸른 바다를 더듬고 있는 듯하다. 높은 곳에 서면 내 눈도 높고 먼 곳을 향할 줄 알았는데 눈길은 자꾸만 아래로 향한다. 내가 올라온 길을 더듬고 둘레길을 걷던 낯선 사람들의 소란함을 찾아 두리번거린다. 모두 어디로 갔을까.

반짝이는 오어호의 윤슬과 낮은 자세로 침묵을 지키는 오어사가 유난히 아름답게 보인다. 흔들다리를 구르며 장난을 치던 남자들의 행렬도 시끌벅적함을 이끌고 산모롱이 저편으로 사라져 버렸다. 눈살을 찌푸리게 하던 유치한 행동들조차 이곳에 서니 정겨운 것으로 변한다. 눈을 감고 바람결에 귀를 기울인다. 멀리 오어호의 은빛 물결이 내 안까지 밀려들어와 찰랑

홍매와 대웅전의 뒤태.

거리는 아침이다.

뒤늦게 자장암의 의연함도 눈물겹다는 것을 알았다. 햇살을 품은 대웅전의 온화한 앞모습과 달리 그 뒷덜미는 겨울바람에 한없이 떨고 있었다. 높은 곳에서 맞는 바람은 더 차고 세다. 대웅전 뒤편 사리탑 옆에는 어린 홍매가 꽃을 피운 채 심하게 휘청인다. 홍매의 화려한 시련이 절벽 위의 자장암과 닮았다. 멀리서 볼 때 피안처럼 여겨지던 이곳에도 그만의 아픔이 자리하고 있었다. 아름다움은 결코 그저 얻어지지 않는다.

소란과 번잡함에 휘둘리지 않고 수행하듯 흔들림없이 깨어 있는 오어사, 호수의 파란들이 일으키는 쉼없는 재잘거림과 삼삼오오 둘레길에 피어나는 건강한 수다들, 공사를 하는 중장비의 모습조차 정겹고 사랑스럽다. 어쩌면 우리가 갈망하는 피안의 세계는 차안의 세계 안에 있을지 모른다. 멀어져간 것들이 그립 듯, 조금만 거리를 두고 보면 모든 것이 아름답다.

우리의 주변과 일상이 혼탁하고 힘들수록 한 걸음 뒤로 물러설 줄 아는 지혜가 필요하다. 오늘 아침, 코로나 바이러스 감염증으로 외출을 삼가며 불안에 떨고 있는데 이웃에서 과일이며 채소가 든 보따리를 대문간에 두고 갔다. 함께 마음 모아 위기를 이겨 내자는 문자 하나 남기고. 어수선한 마음에 햇살이 퍼진다. 코끝이 찡하다.

모두가 힘들 때, 남을 배려하는 마음이 남아 있다면, 그곳은 살 만한 세상, 바로 피안이 아닐까.

봄은 한 마리의 달팽이처럼

군위 아미타여래삼존석굴

올 겨울은 큰 추위 없이 그럭저럭 보냈다. 하지만 끄트머리에서 만난 복병은 위협적으로 우리를 흔들고 있다. 저만치서 창백한 모습으로 주춤거리는 봄을 위해 전원의 삼월은 어김없이 분주하다.

텃밭 한쪽에는 상추며 파가 얼어붙었던 계절을 견디고 용케도 살아남았다. 어린 잎채소의 겨울나기처럼 모두가 건강하게 기지개를 켰으면 좋겠다. 긴 겨울이 때가 되면 물러나듯 이 어려움도 머지않아 지나가리라.

불안함 속에서도 마음의 근력이 생겨 제법 초연해져 온다. 제2 석굴암을 찾아가는 발걸음은 한결 가볍다. 팔공산 계곡, 천연절벽 동굴에 만들어진 통일신라 초기의 석굴사원은 7세기경에 조성되었다. 경주 토함산에 있는 석굴암보다 1세기 정도 앞서 만들어졌지만 뒤늦게 발견되어 제2 석굴암으로 불린다.

신라 19대 눌지왕 때 아도화상이 수도전법을 하던 곳이라 '아도굴'이라고도 하며, 원효대사가 아미타삼존불을 조성 봉안하여 해동 제일의 석굴사원으로서 신라 불교의 근본도량이 되었다. 본존불 아미타부처님을 중심으로 좌우에는 관세음보살과 대세지보살이 모셔져 있다. 오랫동안 잊혀졌던 석굴은 우연히 마을 사람에 의해 발견되어 주민들의 치성터로 쓰이다,

절벽 동굴에 봉안된 아미타여래삼존불.

1962년 가치를 인정받아 국보 제109호로 지정되었다.

석굴암에 밀린 두 번째 석굴사원이라는 이미지 때문일까. 큰 기대감 없이 들어섰는데 안온한 느낌의 절풍경이 좋다. 아름드리 소나무숲을 지나자 담장 너머로 절의 풍경이 한눈에 들어온다. 오래된 나무들의 그림자가 담장을 지키고, 절벽의 석굴로 인해 일촌의 역사를 가진 전각조차 결코 가벼워 보이지 않는다.

불이문을 지나듯 천천히 다리를 건너는 나를 석조비로자나 불좌상이 맞은편 마당에서 지켜보고 있다. 저절로 두 손이 모아진다. 어수선하고 삿된 마음 계곡에 흘려 보내면 잠시지만 극락세계로 들어설 수 있다. 혼란스럽던 사바의 세계는 더 이상 계곡을 건너지 못한다. 오염되지 않은 곳에서 만나는 전각과 나무들은 맑고 건강하다.

비질 자국이 선명한 마당이 나를 비로전으로 이끌고, 정갈한 마당 위로는 커다란 목련나무 가지가 꽃눈을 밀어 올리느라 정신이 없다. 마당 한쪽에선 특이하게 생긴 모전석탑이 홀로 봄볕에 빛나고, 그 주변을 마스크 쓴 사람들이 느릿느릿 시간을 즐긴다. 한 마리의 달팽이처럼 봄은 그렇게 어김없이 오고 있었다.

화강암 판석으로 만들어진 널찍한 단층기단 위의 4m 높이 모전 석탑은 시간의 깊이가 전혀 느껴지지 않는다. 질곡의 세월을 견뎌 온 크고 작은 상흔들을 이끼 옷으로 감춘, 눈빛 진한 탑이 아니었다. 아무리 둘러봐도 나이만큼의 연륜이 느껴지지 않는다. 경주 분황사 모전석탑과 같은 계통으로, 삼존상과 비슷한 시기인 7세기 후반에 제작되었을 거라 추정하지만 크게 마음을 사로잡지 못한다.

절벽 동굴에 봉안된 아미타여래삼존불과 모전 석탑은 계곡을 사이에 두고 수천 년을 함께해 왔으리라. 훼손을 우려하여 철문으로 굳게 잠겨 있는 삼존불, 나는 지척의 거리에서 안타깝게 바라볼 수밖에 없다. 둘 다 보존상태가 양호하다. 어둠을 안고 있는 동굴 속 삼존불을 향한 애틋한 그리움 때문일까. 과거와 현재, 없음과 있음, 묵직함과 가벼움 같은 사유의 공존성이 보인다.

목련나무 그늘에 서서 오랫동안 삼존불을 바라본다. 모전석탑은 햇살 속에서 더없이 명랑하고 굴속의 삼존불은 일심으로 바깥세상을 바라보고 있다. 밝음 뒤에 가려진 어둠, 그 묵직한 세계가 우리를 지탱시켜 주는 힘인지 모른다.

문득 빛 읽기의 대가인 초현실주의 사진작가 랄프 깁슨이 떠오른다. 빛과 어둠이 공존하는 세상, 어둠이 있어 밝음은 더욱 빛날 수밖에 없다. 사람들의 시선은 밝은 쪽으로 쏠리지만 상대적인 어둠은 마음으로 응시할 수밖

국보 제109호인 아미타여래삼존불.

에 없다. 그 어둠과 밝음의 경계에서 아미타삼존불이 내 안에 들어왔다 또다시 멀어진다.

한결 마음이 차분하다. 절을 빠져나오는데 노점상들이 각종 약재와 채소, 과일 들을 풀어놓고 행인을 기다린다. 하얀 마스크에 가려진 그을린 얼굴, 삶은 때때로 별 것 아닌 모습으로 우리를 싸하게 만든다. 사과를 산 손님이 상인과 실랑이를 벌이고 있다. 사고 보니 비싼 것 같다며 오천 원을 돌려달라는 요구였다. 근처에 세워둔 승용차의 엔진소리가 쓸쓸하게 쿨럭인다.

바이러스의 여파로 여유를 잃어가는 사람들, 빗나간 '사회적 거리두기'다. 조금 전까지 얼굴을 맞대고 덤까지 주고받던 모습은 온데 간데 없다. 값으로 셈할 수 없는 것을 그들은 놓치고 있다. 사회가 힘들고 어수선할수록 하나라도 더 챙기려는 심리는 본능일지 모른다.

어쩌면 저 손님도 비로전이나 아미타삼존불 앞에서 두 손 모아 기도하고 나오지는 않았을까. 문득 드는 생각이다. 행동으로 이어지지 않는 말이나 기도만큼 부끄러운 게 있을까. 절을 나서기가 무섭게 우리는 형이하학적으로 채워진 현실과 맞닥뜨려야 하고, 삶은 우리를 자주 시험에 빠지게 한다. 행여 우리는 이상과 현실을 기도로 오가며 살아가는 것은 아닐까.

나는 어제와 오늘이, 지난해와 올해가 조금도 성숙되지 않은 채 절집을 찾아다닌지도 모르겠다. 봄볕이 술에 취한 듯 비틀거린다.

수만 번의 헛기도로 이어지는

충주 석종사

　충주 금봉산(金鳳山) 자락에 석종사라는 절이 있다. 그리 멀지 않지만 내게는 낯설고 생경스러운 도시를 혜국 스님의 말씀 하나 잡고 찾아 나선다. 휴일이 무색할 정도로 고속도로는 한산한데 두어 시간 만에 도착한 석종사에는 뜻밖에 봄기운이 완연하다.

　일주문을 지나 노자의 『도덕경』에 나오는 '上善若水(상선약수)'를 문패처럼 내건 곳에 넓은 주차장이 자리하고 있다. 과거 죽장사라는 절이 있던 폐사지를 봉암사에서 수행하던 혜국 스님이 현몽을 꾼 뒤 찾아와 석종사를 세웠다. 스님은 갈 곳 없는 연로한 스님들, 이들의 외로움을 덜어 주기 위해 부모 없는 아이들과 함께 살았다. 대웅전 창건을 시작으로 혜국 스님의 상좌들이 직접 중장비를 운전하고, 신도들이 힘을 합쳐 지금의 대대적인 불사를 이루었으니 불심의 깊이가 제대로 살아 있는 절이다.

　크고 작은 당우들이 널찍하게 거리를 둔 경내는 인적 없이 고요하다. 천척루를 배경으로 계단에 앉아 이야기를 나누던, 늙은 어머니와 딸인 듯한 모녀가 봄꽃 같은 미소를 피우며 반긴다. 마스크를 하지 않은 채, 두려움 없이 볕을 즐기는 당당함은 어디서 오는 것일까. 고려 때 만들어진 오층석탑은 멀찍이 서서 홀로 참선 중이다. 결코 쓸쓸하지 않은, 환한 평화가 넘실거리는 경내로 조심스레 발걸음을 옮긴다.

석종사는 웅장한 외형만큼 내재된 힘을 자랑한다. 군장병을 위한 템플스테이와 출가한 승려만을 위한 공간을 지양하고 재가자(在家者)도 사찰에 머물며 수행할 수 있도록 배려하는 사찰은 그리 흔하지 않다. 진지하게 명상에 잠긴 불자들의 영상은 매너리즘에 빠져 살아가는 내게 고무적일만큼 서늘하게 다가왔다. 육신의 눈에 의존하지 않고 마음의 눈을 뜨기 위해 수행에 전념하는 사람들, 그들의 모습은 참으로 경건해 보였다.

대웅전 뜰 위에서 바라본 풍경.

깨끗이 비질이 된 마당.

천척루를 지나 마당보다 더 낮은 곳으로 흐르는 감로수에 손을 씻는다. 대빗자루 자국이 선명한 마당, 눈부신 햇살, 잘생긴 나무들, 모두가 흐트러짐이 없다. 지독히도 그립고 그립던 봄이 오는 풍경이다. 신선한 설렘과 전율들을 뒤로하고 대웅전으로 향한다. 마스크를 벗지 않고 계단을 오르는 나를 햇살이 신음 소리를 내며 물러선다. 어색하다. 최대한 천천히 그리고 묵묵히 계단을 오른다.

대웅전 팔작지붕은 툭 트인 산야를 향해 날아오를 듯 힘차고 웅장한데 너른 뜰 위로 수많은 좌복들이 나와 일광욕을 즐기고 있다. 이색적인 사찰의 봄맞이 풍경이다. 풍수에 문외한인 내게도 명당터라는 게 확연히 느껴진다. 가부좌가 아닌 편한 자세로 대웅전 뜰 위에 하염없이 앉아 있고 싶다.

가지런히 전지를 한 나무들처럼 탐욕과 집착으로 멍든 마음 깨끗이 잘려나가고 고착된 습은 녹아 새로 태어날 것 같다. 고만고만한 종류의 반성과 다짐이 되풀이 될 때마다 겪어야 했던 자괴감들, 행동은 마음을 따르지 못해 자주 괴로워했다. 익숙한 것에서 벗어나 나를 바꾼다는 건 쉽지 않았다. 천하의 법도로 삼을 만큼 한결 같은 '하나', 그것이 부재인 채로 나는 육신이 끄는 대로 살아왔다.

게으름으로 시간을 낭비할 때마다 맞닥뜨려야 했던 순간들이 얼굴을 화끈거리게 한다. 새해 첫날의 다짐처럼 오래가지 않아 기도는 무질서 속으로 함몰되었으며, 감정 앞에서 속절없이 무너지기도 했다. 그럴 때마다 수많은 사찰과 말씀들이 든든한 위안처가 되어 주었다.

청소기를 돌리고 걸레질을 하며 대청소를 하느라 정신이 없는 법당에 끌리듯 발을 들여놓고 말았다. 그들도 나도 서로를 의식하지 않는다. 그들은 기도하듯 청소를 하고 열린 어간문 앞을 서성대던 햇살이 내 등을 토닥이고, 처마 끝의 풍경도 울지 않았다. 삼배의 예를 갖추자 한결 마음이 정갈해진다.

큰 절은 무언가로 꽉 차 흐른다. 삼라만상 실개성불(森羅萬象 悉皆成佛). 하늘과 땅에 가득 찬 것들이 모두 부처를 이루었다는 부처님 말씀이 떠오른다. 보이지 않는 아우성으로 가득한 이 어수선한 봄날, 둘러보니 부처님 아닌 것이 없다. 실눈을 뜨는 나무와 바위, 높다란 처마 끝에 매달린 풍경, 시선 닿는 곳마다 생명이 숨 쉰다.

대웅전 뜰 위에 서서 내 안을 응시한다. 캄캄한 어둠 속을 헤맬 때마다 어김없이 손 내미는 분이 있다는 건 얼마나 큰 축복인가. 이번에는 혜국 스님의 말씀이 봄꽃처럼 마음의 눈을 뜨게 해 주었다. 모든 건 필연이다. 어둠 속에서 만나는 한 줌의 햇살, 뒤이어 따라오는 수많은 전율들, 인생은 결코 고행만 있는 것은 아니다.

혜국 스님의 말씀을 안고 햇살 속을 걷는다. 한 번의 참기도는 수만 번의 헛기도를 필요로 한다는 가르침이 죽비가 되어 내려친다. 나는 언제나 조급했다. 달팽이처럼 느린 걸음으로 목적지를 향해 쉼 없이 나아가야 한다는 걸 간과했다.

서둘러 피었다가 이내 이울더라도 다시 그렁그렁 눈물 같은 꽃눈을 달고 헛노력이라도 해봐야겠다. 언젠가 이승을 떠날 때 스스로에게 부끄럽고 미안해지지 않도록, 더 이상은 두렵거나 쓸쓸하지 않을 미지의 세계를 위해 …. 삶은 수많은 출발들로 점철되어 있지 않은가.

길, 길고 질긴 삶의 이랑

괴산 각연사

    신라 법흥왕 2년(515년) 유일 스님이 창건하였다는 각연사. 창건설화에 의하면 유일 스님이 사찰을 짓기 위해 칠성면 사동 근처에 공사를 시작하는데, 자고 일어나면 목재를 다듬은 대패밥이 남아 있질 않았다. 이상하게 여긴 스님이 밤잠을 자지 않고 지켜보니 까치들이 몰려와 대패밥을 하나씩 물고 어디론가 날아가는 것이었다. 따라가 보니 까치들은 산 너머 못에 대패밥을 떨어뜨려 메우고 있었다. 그 못에서 이상한 광채가 솟아 들여다보니 석불 한 기가 들어 있었다.

    스님은 못 있는 데로 절을 옮겨 짓고 못에서 나온 석불을 모신 후 '깨달음이 연못 속의 부처님으로부터 비롯되었다(覺有佛於淵)'라는 뜻에서 절 이름을 각연사(覺淵寺)로 지었다. 비로전에 모셔진 석조비로자나불좌상이 못에 있던 그 석불이다. 그 뒤 이 불상에 지성으로 기도하면 영험함을 얻는다 하여 참배자들이 끊이지 않는다고 한다.

    산봉우리에 둘러싸여 아늑하게 자리한 각연사는 고려 초 통일대사가 중창하여 대찰이 되었으며 조선시대와 근래에도 여러 차례 중수되었다. 유서 깊은 사찰치고는 규모가 크지 않다. 절은 텅 빈 듯 고요하다. 사회는 코로나바이러스에, 절은 햇살에 감금된 것처럼 적요만 감돈다. 들어서는 나를 지

적요가 감도는 대웅전.

켜보는 눈이 있는 것 같다. 아담한 전각들이 단을 달리하며 침묵에 싸여 있을 뿐이다.

지루한 삶의 고갯길을 넘어가듯 깨끗하게 비질이 된 마당 앞에서 나는 잠시 숨을 고른다. 대웅전 법당에서 예를 갖춰 보지만 마당 한켠에 있는 감로수도 외로워 보이고 살짝 모습을 드러낸 비로전의 왼쪽 어깨도 시려 보인다. 비로전 앞 커다란 보리수나무 한 그루가 기도하듯 서 있다. 350년이라는 세월 동안 비로전이 나무를 토닥이고 보리수나무 긴 그림자가 마당을 내려와 비로전의 굴곡진 심장소리를 들었으리라. 둘은 분명 오랫동안 하나였다.

인적이 없는 절간에서는 모든 것이 다정하게 말을 건넨다. 살집이 갈라

117

진 늙은 비로전 기둥에서 온갖 맑음과 굿음의 순간들이 읽혀진다. 거칠고 척박한 세월을 인고의 힘으로 건너온 조상들의 숨결 같기도 하고, 세상을 등지고 무욕으로 나를 다스리는 고독한 스님의 절제된 모습 같기도 하다. 서늘함이 느껴지는 법당은 너무 고요해서 애잔하다.

비로전 안을 지키는 석조비로자나불좌상은 보물 제433호이다. 통일신라시대의 전형적인 불상과는 달리 크기가 않고 단아하다. 자그마한 체구와 빨갛게 칠한 입술, 왼손 집게손가락을 앙증스럽게 감아쥔 지권인, 삼존의 화불이 섬세히 새겨진 광배까지, 보존상태가 양호하다. 무언지 모를 편안함이 나를 차분하게 가라앉힌다. 문이 닫혀 있는 법당 안은 과거의 세계로 초대받아 온 느낌이다.

높은 봉우리를 끼고 계곡 길을 하염없이 달려서 찾아온 이곳, 길은 가파르지 않고 평탄했지만 인가에서 멀어지는 동안 무수한 삶의 갈기들을 떠올렸다. 교통이 불편하던 시절, 공양거리를 머리에 이고 걸어서 찾아왔을 가난한 불자들 생각에 가슴이 먹먹했다. 산으로 둘러싸인 안온한 절의 풍경조차 눈에 들어오지 않았으며, 옛 불자들의 불심이 굽은 나무처럼 자꾸만 따라왔다.

각연사 오는 길은 결코 험난하지 않은데 왜 이토록 인간사가 짠해 오는 걸까. 언젠가 전생에서 홀로 걸었을지도 모를, 처음 오지만 수많은 애환과 시름이 숨 쉬는 생명력 느껴지는 길의 근육을 보고 말았다. '언덕을 따라 올라가는 길을 역동적으로 추체험해 보면 길 자체에도 근육이 있고 반(反)근육이 있었다는 것을 확신할 수 있다.' 는 가스통 바슐라르의 말처럼.

대부분 사찰로 이어지는 길은 삶과 실존에 대한 몸부림으로 얼룩져 있으리라. 그 옛날 여인들의 애환이 화석처럼 살아 있을 길을 언젠가 조용히 걸

보물 제433호 석조비로자나불좌상.

어 보고 싶다. 한때 여성 불자들의 기복신앙을 못마땅하게 여긴 적이 있다. 자식의 대학입시나 남편의 승진, 사업 번창을 위한 일시적인 기도는 지나치게 가족 이기주의적인 행위로 비쳤기 때문이다.

깨달음을 구하겠다는 서원(誓願)을 세우거나 중생을 구제하기 위해 용맹정진하며 차원 높은 선의 경지로 몰입하는 자세가 불교의 가장 큰 매력이라 여겼다. 하지만 사찰에서 육신의 고통을 불태우며 철야기도를 하는 여인들을 만나면서 생각이 바뀌었다. 오로지 가족을 위해 자기를 내려놓은 채 불심으로 가족의 건강과 평화를 세우고 공덕을 회향하는 모습은 묵직한 울림을 안겨 주었다.

시대가 열악하고 그늘진 환경에서 살아가는 여인일수록 마음의 의지처가 필요했으리라. 여인들의 고달픔과 지난함이 살아 숨 쉬는 길, 산사 가는 길은 길고 질긴 삶의 이랑이다. 무수한 이타행으로 공덕을 쌓은 위대한 인물들도 이런 헌신의 마음에서부터 출발하지 않았을까? 승용차에 몸을 싣고 풍경을 감상하며 안일하게 무언가를 구하러 달려온 내 육신의 호사스러움이 잠시 부끄럽다.

창호지 위로 비치는 햇살이 은은히 기웃대고 비로자나부처님의 눈길도 한결 더 친근해졌다. 수천 년의 기억을 헤매다 실낱같은 인연을 찾아내기라도 한 것처럼 나는 천천히 백팔배를 시작한다. 옛 여인들이 그래왔듯 출렁이는 마음 모두 내려놓고, 내 안에 숨겨져 있는 희미한 길을 찾아 나선다.

봄꽃보다 더 아름다운 날에

진주 응석사

십여 년 전 아들이 공군 훈련병으로 있으면서 장문의 편지와 함께 보내온 벚꽃잎만큼 아련했던 꽃이 있을까. 훈련을 마칠 즈음, 꽃은 간 곳이 없고 무성한 나뭇잎처럼 성장해 있던 아들의 모습을 떠올리며 차는 진주로 달린다.

벚꽃이 만개하기에는 조금 이른가 보다. 연둣빛 새싹과 봄꽃들이 수런대는 시골길은 평범한 들판과 촌락을 지나 집현산 아래에서 싱겁게 끝나 버린다. 접근성이 좋은 응석사(凝石寺)는 신라 진흥왕 15년(554년) 연기조사가 창건했다. 문무왕 2년 의상대사가 강원을 열었고 그 뒤 나옹, 무학 등 이름난 고승들이 거쳐 간 대사찰이었지만 임진왜란 때 왜군들이 불상 밑에 숨겨둔 무기를 발견하고 많은 당우를 불살랐다고 한다.

절은 서너 개의 단으로 이루어져 있다. 지붕이 육중하고 화려한 다포식 일주문을 붉은 동백꽃이 지키고 담장 너머 경내는 온갖 봄꽃들로 생기가 넘친다. 우아한 백목련과 키 작은 수선화까지 시샘하듯 눈길을 사로잡는데 뒷산조차 온통 진달래로 붉다. 다투듯 존재감을 과시하는 청순한 봄꽃무리들, 두견화 향기에 귀촉도 소식이 궁금해서 오늘밤은 응석사도 몸살을 앓을 것만 같다.

하늘을 찌를 듯한 스기나무와 대웅전.

계곡 옆에 옹기종기 모여 있는 돌탑들의 호위 속에서 봄꽃에 취한 마음 애써 진정시키며 일주문을 들어선다. 금강문 겸 범종루를 통과하면 계단 위로 멀리 대웅전이 모습을 드러낸다. 일렬로 배치된 구조가 절을 더 경건하게 만든다. 보물이 있는 대웅전보다 바로 앞을 막아서는 하늘을 찌를 듯한 스기나무 두 그루에 위압당하고 말았다.

불법을 수호하는 나무답게 큰 키로 낯선 이를 내려보며 점검한다. 잠시 긴장감이 흐른다. 한 치의 흐트러짐 없이 곧게 뻗은 한 쌍의 스기나무는 큰 행사가 있을 때 괘불을 걸기 위한 용도로 심어졌다고 하니, 당간지주를 대신하는 셈이다. 처음 보는 이색적인 풍경에 계단을 오르내리며 셔터를 눌러대다 끝내는 범종루 위에 서서 두 손을 모으고야 만다.

지척에 스님이 계시지만 차담을 청할 처지가 아니라 아쉬운 마음만 가득하다. 이 좋은 봄날 마스크로 얼굴을 가리고 모자까지 눌러쓴 방문객의 모습에 꽃들도 놀라지나 않을까 조심스럽다. 응석사의 보물은 계절에 관계없이 살아 있는 나무들과 돌담이다. 흔한 풀꽃조차 불심으로 가득하다. 불국토에 온 것처럼 구석구석 평화가 흐르고 생명의 기운이 넘쳐난다.

응석사는 지나친 정갈함보다 자연스러움을 추구하는 듯하다. 어린 시절 함께 자랐던 풀꽃들이 향수를 불러일으키고 돌담은 햇살에 몸을 말리며 응석사의 상징성을 드러낸다. 분위기와 느낌이 다른 돌담과 돌축대, 청이끼를 두른 돌담에서부터 큰 돌로 만들어진 웅장한 돌축대까지, 모두 예불소리로 다져진 사랑스러운 몸짓이 담겨 있다.

산신각과 나한전이 있는 마당에는 냉이꽃이 무리 지어 햇살에 반짝인다. 다시 가파른 돌계단을 올라 돌담 사이로 난 통로로 들어서면 허리 꼿꼿하게 세운 민들레가 씨앗을 품고 바람을 기다린다. 눈물겨운 광경도 잠시, 뒷산을 물들인 진달래가 유년의 기억 속으로 나를 이끈다. 이 모든 풍경에도 독성각은 흐트러짐이 없다.

유서 깊은 사찰에서만 느낄 수 있는 잔잔한 평화 그리고 여유로움, 몸과 마음은 절을 둘러보는 사이 깨끗이 정화되었다. 올라갈 때는 봄의 정취에 마음을 빼앗겼다가 내려오면서 산신각과 나한전 사이에 서 있는 아름다운 쌍사자 석등을 보았다. 그 아늑한 터전에서 시간을 보내다 뒤늦게 대웅전을 떠올린다. 300년 된 은행나무가 법당으로 들어서는 우리를 지켜보고, 보물 제1687호인 목조석가여래삼불좌상 앞에서 남편과 나는 나란히 백팔배를 시작한다.

코로나 바이러스와의 전쟁이 예상했던 대로 길어지자, 일상을 지배하던 긴장과 불안감도 차츰 둔화되고 있다. 사회적 거리두기가 우리를 좀더 자중하고 사유할 수 있는 기회로 몰고 간 것은 얼마나 다행스러운 일인가. 경

냉이꽃이 만발한 뜰.

제적이든 정신적이든 무언가로부터 위협받는다는 것은, 스스로를 돌아볼 시간임을 암시한다. 오늘 처음 법당에서 백팔배를 한 남편의 행위 역시 그런 의미였으리라.

법당에 들어오지도 않던 남편이 삼배의 예를 갖추고 드디어 백팔배를 하기까지는 오랜 세월이 걸렸다. 우연히 백팔배를 하자는 제안에 흔쾌히 응해 준 남편이 고맙다. 응석사 대웅전이 그에 대한 믿음을 심어 준다. 우리의 기도는 부처님의 영험함을 기대하기보다 스스로와 삶에 대한 바른 자세와 마음가짐을 위한 다짐이며 약속이다.

백팔배를 마친 남편의 얼굴이 한결 편안해 보인다. 말없이 법당을 나오는 우리를 맞아 준 것은 관음전 뒤 언덕을 지키는 무환자나무였다. 통일신라 말 9세기경 도선국사가 무환자 열매를 먹으면 전염병을 예방하고, 가정의 나쁜 일을 쫓아 준다 하여 중국으로부터 들여와 심었다고 한다. 무환자 열매로 만든 염주 하나쯤 곁에 두고 싶다.

늘 숙제하듯 절을 찾아 나섰던 발걸음에 이제서야 조금씩 힘이 실린다. 매주 절 기행을 하는 동안 백팔배를 함께하겠다는 남편의 약속, 고통과 시련도 잘만 다스리면 꽃을 피우기도 한다. 오늘은 봄꽃보다 사랑스런 날이다. 인생은 그런 맛에 살아갈 가치가 있는지도 모른다.

그곳에 오래된 사랑 있어
산청 내원사

지리산의 봄은 물소리로부터 시작된다. 지리산 가는 길은 온통 봄꽃이 피어 열병을 앓는데 깊은 계곡에 몸담고 있는 내원사는 어쩌면 저토록 차분하기만 할까. 내원계곡과 장당계곡이 만나는 지점에 위치하여 절의 양쪽으로 지리산의 청정 계곡이 흐르는 까닭만은 아니리라.

내원사(內院寺)의 옛 이름은 덕산사(德山寺)였으며 통일신라시대 무염국사에 의해 창건되었다. 무염국사는 무열왕의 후손으로 중국 마조 문하의 법맥을 이루었으며 동방의 대보살로 일컬어졌던 분이다. 무염의 법은 충남 보령에 소재하는 성주사의 일맥을 이루어 구산선문의 하나인 성주산문이 되었다.

덕산사는 이후 천여 년을 면면히 이어오다 조선 광해군 1년(1609년)에 원인 모를 화재로 소실된 채 수백 년 방치되었다가 1959년 원경 스님이 절을 다시 세우고 이름을 내원사(內院寺)라 하였다. 내원(內院)은 도량이 느껴지는 불교용어로 도솔천에 있는 선법당을 말한다. 미륵보살이 살면서 설법을 한다고 하니 절 이름만으로도 깊고 심오한 분위기가 느껴지는 사찰이다.

계곡 건너편 높다란 석축 위에 쌓아올린 담장과 그 위로 고개를 내미는

126

할미꽃과 대웅전.

기와지붕들, 절은 결코 웅장하거나 화려하지 않으며 아담하고 고요하다. 물소리가 예불 소리를 대신하는 반야교를 건너는 동안 이미 세속의 때는 벗겨진다. 노선비의 곧은 숨결 같은 경내로 들어서는 발걸음만 조심스럽다. 정신을 못 차릴 정도로 들떠 있는 봄조차 내원사의 담장을 넘지 못하고 비켜 가는 걸까.

　절은 봄소식에는 무심한 듯 돌아앉아 묵직하다. 무언가에 끌려 들어서는데 검붉은색을 띤 삼층석탑이 온몸으로 안겨든다. 보물 제1113호 삼층석탑은 철분이 많은 석재로 만들어진 것인지 온통 붉은 빛깔로 얼룩져 있다. 1609년 큰불이 났을 때 화마가 할퀴고 간 상처인지도 모른다. 우주와 탱주가 굵게 모각되어 튼튼해 보이지만 비바람에 버텨 온 노쇠함은 감출 수가 없다. 안내문에는 무열왕 때인 657년에 세워졌다고 하지만 통일신라 말기

국보 제233-1호 동양 최초의 비로자나불.

에 건립되었다는 설도 있고, 고려시대에 건립되었다는 의견도 있다. 사학자가 아닌 내게 그것은 그리 중요한 문제가 아니다.

고단한 역사를 안고 서 있는 탑 앞에서 끊임없이 표류하던 자아도 닻을 내린다. 불법을 수호하며 나라를 지켜온 고대부터 빨치산과 마지막 토벌전을 벌이던 근래의 아픔까지 탑은 많은 것을 알고 있다. 우리의 역사가 응축되어 살아 숨 쉬는 위대한 석탑은 지난한 풍파 속에서도 천년의 기품을 잃지 않는다. 훼손이 심하다. 인적이 없는 내원사, 허리 휜 할미꽃들만 옹기종기 모여 앉아 탑을 지킨다.

대웅전도 단청이 벗겨져 나이보다 깊고 쓸쓸해 보인다. 잎새 뒤에서 수줍게 꽃을 피우는 연륜 깊은 동백나무와 은목서 한 쌍의 깊은 눈빛, 스님의 가사가 걸려 있는 대웅전 법당에서 느껴지는 훈기와 안온함, 게다가 대부분의 전각들이 작고 소박한 것은 얼마나 고맙고 사랑스러운가. 향냄새에 몰려나오는 한때의 가난과 아픔조차 우리에게는 소중한 역사이지 않은가.

국보 제233-1호 동양 최초의 비로자나불이 있다는 안내판을 따라 들어선 비로전 법당에는 삼층석탑만큼이나 가슴 뭉클한 비로자나불상이 봉안되어 있다. 불상 앞에 서는 순간 전율이 느껴진다. 동아시아를 통틀어 명문이 밝혀진 최초의 지권인 비로자나석불, 얼얼한 울음과도 같은 감동이 온몸을 휘감는가 싶더니 형언할 수 없는 슬픔이 가슴을 먹먹하게 한다.

단아한 눈, 단정한 코, 작고 예쁜 입, 볼록한 뺨의 양감이 돋보인다는 안내문과 달리 아무리 찾아보아도 석불의 표정은 잡히질 않는다. 온화하게 웃고 있는 것도 같고 고통으로 힘겨워 하는 것도 같다. 입자가 거친 화강암으로 만들어져 마멸이 심하다. 세월은 너무 많은 것을 앗아가 버렸고 또 여전히 많은 것을 남겨 두었다.

조각 솜씨는 거칠지만 오랜 역사가 살아 숨 쉬고 있어 감동은 배가 될 수밖에 없다. 표정 없는 불상 앞에서 어쩌자고 내 가슴은 자꾸 아련해지는가. 지리산 골짜기 인적도 드문 절에 숨어 있듯 살아가는 삼층석탑과 비로자나불상의 심한 마멸과 상흔은 우리를 돌아보게 만든다. 우리는 무엇에 기뻐하며 무엇을 향해 살아가는지를.

석조비로자나불상과 함께 있었던 국보 제233-2호 납석사리호는 현재 부산광역시립박물관에 소장되어 있지만 명문을 통해 혜공왕 2년(766년)에 석조비로자나불상을 조성하여 무구정광대다라니와 함께 석남암수 관음암에 봉안하였다는 기록이 있어 역사적 의미가 크다. 반야교를 걸어 나오는데 무언가로 가슴이 뿌듯하다. 그런데도 왜 자꾸 뒤가 돌아 보이는 것일까.

잃어버린 시간과 잃어버린 기억을 찾고 싶으면 지리산 골짜기에 있는 내원사로 가라. 물소리 홀로 내원사의 아름다움을 노래하며 그대를 기다리고 있을지 모른다. 봄조차 차마 들어서지 못하고 비켜 가는 스산한 적요 속에 당신의 모든 것 내려놓고 한 떨기 꽃이 되어 보라.

그리운 사랑 하나, 그대 가슴에 달처럼 차오를 것이니.

가릉빈가의 울음을 찾아서

경산 환성사

차는 대규모 공사현장 근처에서 길을 잃고 몇 번을 헤매다 쉬엄쉬엄 산길로 접어든다. 끊임없이 개발을 서두르는 도시의 풍경들을 순식간에 따돌리고 고개를 넘어 팔공산 깊은 자락으로 숨어든다. 마치 영겁의 세월을 거슬러 오르듯.

파스텔톤의 옷을 갈아입은 분지형의 명당 터에 벚꽃이 부풀어 올라 무릉도원이 따로 없다. 사위는 조용하다. 선뜻 들어서지 못하고 부도밭을 서성이다 키 낮은 벚나무 아래에 서서 천년고찰을 올려다본다. 바람 한 점 없는 햇살 아래 벌들의 비행 소리만 요란하다.

환성사(環城寺)는 성처럼 산자락에 둘러싸여 있는 유서 깊은 고찰이다. 신라 흥덕왕 10년 헌덕왕의 아들인 심지왕사가 창건했지만 고려 말에 화재가 발생하여 사찰 일부가 소실되었다. 1635년 중건 후 여러 차례 불사를 거듭하여 현재는 대웅전과 심검당을 비롯한 여러 당우들이 아픈 기억을 지우고 좌선하듯 평화롭다.

일주문을 지나 수월관으로 향하는 흙길도 좋다. 옛것이 살아 숨 쉬는 곳에서는 또 하나의 시간을 돌아보며 감회에 젖을 수 있다. 아른거리는 벚꽃 잎 그림자를 앞세우고 바람이 잠든 길을 걷는 이 순간이 참으로 감사하다.

저만치 계단 위에 서 있는 수월관이나 보물 제562호 대웅전조차 궁금하지 않다. 계획하지 않은 봄날, 환성사의 푸른 눈동자와 마주한 것만으로도 행복하다.

용연(龍淵)이라는 작은 연못이 기어이 나를 불러 세운다. 연못을 메우면 절이 쇠한다는 설화를 간직한 못이다. 절이 번창하던 시절, 게으른 주지가 손님 많은 것을 귀찮게 여겨 연못을 메우는데 물속에서 금송아지 한 마리가 나타나 슬피 울면서 날아가 버렸다. 연못을 완전히 메우자 절은 불에 타

보물 제562호 대웅전.

고 대웅전과 수월관만 남았다고 한다.

발길이 뜸한 환성사의 봄은 슬픈 옛 기억은 아랑곳하지 않고 홀로 찬란하다. 초록빛 물 위에는 벚꽃잎이 하얗게 떠돌고 못가에는 백목련 한 그루와 누군가를 기다리는 빈 벤치가 그림처럼 처연하다. 나는 하나의 작품 속으로 걸어 들어가 벤치에 앉는다. 수월관이 물끄러미 나를 내려다보고 나는 물가에 비쳤을 그 옛날의 수월관을 그려 본다.

수월관 안마당에는 연화탑이라 불리는 특이한 석탑이 대웅전을 지킨다. 흔하게 볼 수 있는 절의 배치가 오히려 안정적이다. 서원에 온 듯하여 신발을 벗고 수월관 난간에 기대어 앉는다. 바람 한 점 없는 화창한 날씨, 벚꽃 만발한 이곳에 부처님의 가피가 넘실거린다. 일주문 쪽으로 곧게 뻗은 길을 하염없이 바라본다. 길은 모든 소리를 삼킨 채 벚꽃에 안겨 나른하게 졸고 있다.

적막한 산사에 가면 스피커에서 울려나오는 법구경이 그리울 때도 있지만 오늘은 숨 멎을 듯한 고요가 고마운 날이다. 일주문 쪽에서 벚꽃잎 아래를 걸어오는 노부부가 보인다. 두 손을 꼭 잡은 둘은 잠시 서로의 옷매무새를 고쳐 주다가 또다시 손을 잡고 걷는다. 모자를 쓰고 마스크를 했지만 잔잔히 퍼지는 그윽함만은 감출 수가 없다.

봄날의 환성사에 어울리는, 꽃보다 아름다운 풍경이다. 나는 눈을 떼지 못한다. 지켜보는 시선을 의식했는지 그들은 수월관 옆으로 난 계단을 올라 긴 담장을 끼고 벚꽃을 배경으로 사진을 찍는다. 그리고 멀리서 전각을 감상한다. 불자가 아닌 듯한 그들의 조신한 행동에서 부처님의 시선이 느껴진다.

나는 뒤늦게 대웅전으로 향한다. 정면 5칸, 측면 4칸 규모의 다포양식의

상흔으로 얼룩진 석탑과 수월관.

팔작지붕이 막돌로 쌓은 석대 위에 균형감 있게 앉아 있다. 깔끔한 외양과
달리 법당 안은 고색창연함이 그대로 남아 있다. 색이 바랜 단청 사이, 천정
에 달려 있는 용 모양의 종이 이색적이다. 파이프 오르간과 비슷한 용도로
종에 줄을 달아 당기면 위에서 신비한 소리가 울려 퍼진다고 한다. 하지만
점차 그 기능을 상실하고 오늘날에는 스님들조차 용도를 아는 이가 드물다
고 한다.

통판에 투각을 한 수미단도 목공예 작품을 보듯 훌륭하다. 책에서만 보
던 가릉빈가 한 마리가 푸드득 내 눈으로 날아든다. 머리는 사람이지만 새
의 몸을 한 인두조신(人頭鳥身)의 기이한 형태, 소리 또한 묘하고 아름답
다는 상상의 새다. 가릉빈가 울음소리가 들릴 것만 같아 귀를 기울여보지
만 인간의 이기심으로 지구상에서 멸종된 도도새만 떠오른다.

영원히 듣지 못할 울음소리, 무엇으로도 저울질할 수 없는 인간의 욕심이 존재하는 한 가릉빈가는 경전 속에서만 살아가야 하리라. 바람 불어 벚꽃이 휘날리는 날, 좋은 사람과 함께 환성사를 찾고 싶다. 젊은 날엔 홀로 드나들 수 있는 찻집 하나 간직하길 원했다면 이제는 좋은 절에 가면 누군가를 생각할 수 있는 여유가 생겼다.

행복은 자주 불러 주고 기억해 주기를 바란다. 주변을 맴도는 작은 행복에 만족할 줄 아는 사람에게는 날마다 가릉빈가 날아와 울지 않을까. 가릉빈가 울음소리가 궁금하다. 어쩌면 아침마다 설중매 가지에 날아들어 배설물을 난사한 뒤 사라지는 참새 떼의 지저귐이나 뒷산에서 구슬피 우는 멧비둘기 울음처럼 지극히 평범할지 모른다.

우리는 귀한 것일수록 멀리서 찾으려는 경향이 있지 않은가.

사월, 충만한 영혼이 꽃 피고

함양 벽송사

비가 그친 지리산은 봄이 한창이다. 저마다 다른 연둣빛 사이로 산벚꽃이 어울려 꽃길을 연다. 민족상잔의 비극이 서려 있는 골짜기에도 4월의 유순함이 피어나는데 벽송사 가는 길은 가파르기만 하다.

지리산 칠선계곡에 위치한 벽송사(碧松寺)는 중종 15년(1520년) 벽송지엄선사에 의해 창건되었다. 서산대사와 사명대사를 비롯한 기라성 같은 정통 조사들이 수행 교화하여 조선 선불교 최고의 종가를 이룬 유서 깊은 사찰이다. 하지만 일제의 조선불교 말살정책으로 사세가 기울기 시작하여 6·25 때는 빨치산 토벌을 위해 방화된 슬픈 역사를 지니고 있다.

이곳은 판소리 여섯 마당 중 '변강쇠가'의 배경이기도 하다. 변강쇠가 나무는 하지 않고 장승을 뽑아 땔감으로 쓰자, 장승 우두머리가 통문을 돌려 팔도의 장승을 불러 모아 변강쇠를 혼내 준다는 이야기이다. 부당한 대접과 억압을 받는 민중을 장승에 비유하고 변강쇠를 기층 질서로 풍자한 민중문학이 살아 숨 쉬는 곳이다.

벽송사에도 밤나무로 만든 한 쌍의 목장승이 보호각 안에 서 있다. 왼쪽 여장승은 잡귀 출입을 통제하는 금호장군(禁護將軍)으로 산불에 윗부분이 타서 파손이 심하다. 오른쪽 남장승은 불법을 지키는 호법대신(護法大

137

봄꽃이 만발한 벽송사 정경.

神)으로 짱구 모양의 민머리에 돌출된 큰 눈과 주먹코, 합죽한 입, 무성한 수염으로 표정이 풍부하면서도 익살스럽다.

변강쇠와 옹녀의 외설적인 이야기를 떠올리면 장승과 벽송사의 만남은 어딘지 모르게 어색하다. 하지만 질박한 조각수법이 돋보이는 한 쌍의 목장승이 사천왕이나 인왕의 역할을 대신했다는 걸 알면 궁금증이 풀린다. 불교와 민속신앙의 자연스런 융합인 셈이다.

세 단으로 조성된 벽송사의 첫 느낌은 여느 사찰과 다르다. 절의 중심에는 주법당이 아니라 벽송선원이 자리하여 맑고 고요한 기운을 뿜어낸다. 선불교의 종가다운 배치가 참으로 인상적이다. 내로라하는 대사들을 배출한 사찰치고는 소박하다. 흐트러짐 없는 선원의 이미지가 제대로 살아 있어 발걸음은 저절로 조심스러워질 수밖에 없다.

간월루와 선원 사이로 고독한 눈물처럼 서 있는 홍도화가 방문객을 응시한다. 눈이 마주치는 순간 낮은 탄성이 터지고 말았다. 저 대책 없는 붉음 앞에서 가슴이 철렁 내려앉는다. 세월의 깊이가 느껴지는 한옥을 배경으로 홍도화는 너무나 고혹적이다. 화려하면서도 절제미가 돋보이는, 이토록 이지적인 붉음을 본 적이 있는가.

선원을 돌아서 가는 발길이 까닭 없이 바쁘다. 유일하게 단청옷을 입은 원통전과 산신각은 겸허히 뒤로 물러나 있다. 안정감 있는 배치에 감탄하면서도 내 눈은 온통 선원 뒤뜰의 봄꽃에 팔려 있다. 붉게 하혈을 시작하는 동백과 청승스러울 만큼 창백한 돌배나무꽃, 우아함을 갖춘 키 큰 자목련까지, 홍도화와 어울려 만다라가 따로 없다. 모처럼 내린 봄비에도 벽송사 풍경들은 지나치게 차분하다.

젖은 봄꽃들의 자태에서 숭고함이 든다. 벽송사는 이름난 선원답게 뒤

벽송사 홍도화.

안의 분위기까지 완벽하다. 비가 온 뒤의 4월, 함양에서 오도재를 넘고 추성마을을 지나면서 쏟아냈던 감탄들과는 또 다르다. 아찔한 계절, 중심을 향해 살아가는 벽송사 풍경에 취해 나는 한참을 뒤뜰에서 서성이고, 곧게 뻗은 도인송은 그런 나를 지긋이 내려다본다.

높은 축대 위에서 도인송을 향한 마음을 온몸으로 표현하는 미인송의 구애도 눈물겹다. 높다란 지지대에 의지하면서도 아슬아슬 기울어진 채 살아가는 미인송의 한결같은 마음과 도인송의 곧은 정신이 살아 있는 죽비가 되어 준엄하게 꾸짖는다. 삶에는 수많은 유혹이 따른다. 나는 얼마만큼의 진중한 자세로 나다움을 지키려 노력해 왔는가.

돌계단을 오르자 보물 제474호 삼층석탑이 홀로 너른 터를 지킨다. 통일 신라 말이나 고려 초에 조성되었을 거라 보는 석탑은 미인송의 기울어진 목덜미를 외면하고 자기만의 세계를 군건히 지키고 있다. 강인한 홀로는 언제나 눈길을 끄는 법이다. 석탑이 있는 것으로 보아 그 옛날에는 분명 이곳에 금당이 있었으리라.

뒤늦게 원통전 법당 문고리를 잡는 손이 떨려 온다. 작고 아늑한 법당, 백팔배를 하는 몸이 신기할 만큼 가볍다. 기도는 단조롭고 엄숙하지만 잡념이라고는 일지 않는다. 그런 우리를 관세음보살부처님의 자비로운 눈길이 함께한다. 문 밖에는 다시 봄비 오는 소리가 들린다. 원통전을 향해 오시는 부처님 발걸음 소리 같기도 하고, 떠나는 동백을 위한 아련한 연가 같기도 하다.

절을 하는 동안 법당 문을 여는 사람은 없었다. 우리만을 위한 작은 공간에는 오로지 감사와 행복이 물결친다. 봄비는 그칠 기미를 보이지 않는다. 남편이 우산을 가지러 뛰어가고 홀로 원통전 뜨락을 서성인다. 나를 제외한 모두가 처연히 비를 맞고 있다. 용기를 내어 돌계단을 내려선다. 허둥대거나 서두르고 싶지 않다. 적어도 오늘만큼은.

인적 끊긴 벽송사는 봄비 맞으며 다시 참선에 들고, 간월루 뒤 요사채 뜰 위에는 비에 젖은 우산 하나가 물기를 머금은 채 절을 지킨다. 따뜻한 풍경이다. 벽송사를 향해 두 손 모으는 순간 고단했던 나의 하루는 감사함으로 충만해진다. 깊어 가는 4월, 봄비는 하염없이 내린다.

오래된 것들은 기도가 되어

대구 북지장사

그는 백중날 태어난 크리스천이다. 산사기행을 떠나는 나에게 자기 몫의 기도를 부탁한다며 입버릇처럼 말할 때마다 나는 흘려들었다. 서둘러 떠날 걸 예감조차 못했을 그가 부처님 앞에서 무슨 기도를 하고 싶었을까.

농담처럼 주고받던 말들이 가끔은 하나의 의미가 되어 우리를 아프게 할 때가 있다. 북지장사(北地藏寺) 가는 소나무숲길에 들어서며 그가 무심코 흘린 말들을 나는 또 낚고 있다. 훌훌 털고 일어나지 못했던 그는 가끔씩 휘파람새가 되어 나타나거나 꿈결에 스쳐가듯 다녀가는 게 전부였지만, 그럴 때마다 숙연해질 수밖에 없다.

레테의 강을 건너는 자는 모든 것을 망각할 텐데, 그와 관련된 것들은 오로지 살아 있는 자의 몫으로 남는다. 아주 작고 사소한 것까지도. 떠난 이가 원하든 원치 않든 바람결에 떠도는 독백 같은 언어가 되어 주변을 배회하는 것이다. 북지장사 오르는 소나무숲은 변함없이 평화로운데 나는 생각이 많아진다.

북지장사는 동화사보다 8년 먼저인 신라 소지왕 7년(485년) 극달화상이 창건했다. 한때는 절의 밭이 200결이나 되었으며 동화사를 말사로 거느렸을 정도로 매우 큰 절이었다. 19세기 초 동화사의 부속암자로 편입될 만

143

정겹고 소박한 용호문과 종무소.

큼 사세가 기울기도 했지만 끊임없는 중창불사와 함께 『삼국유사』에 기록됐던 '공산 지장사'의 명성을 되찾기 위해 노력 중이다.

이태 전, 그가 희망의 끈을 놓고 이별의 강가에 바투 앉아 있을 때 나는 이곳을 찾아왔다. 나의 작은 기도가 새롭고 청정한 생명의 다리가 되어 줄지 모른다는 생각에서였다. 소나무 숲길을 걸어 대웅전에서 백팔배를 하고 다시 소나무 숲길을 걸어서 내려오던 그날, 나는 텃밭에서 키운 채소 파는 할머니와 잡담을 나누며 웃다가 내려왔다. 삶은 이토록 공허하고 부조리한 것이다.

계단 위 낡고 소박한 용호문이 흙벽을 지탱하며 서 있다. 변함이 없다. 오래된 시골집 대문간처럼 보이지만 세속을 벗어나 진리의 세계로 첫발을 내딛는 천왕문 겸 불이문인 셈이다. 그 너머로 보이는 보물 제805호 지장전은 별천지처럼 찬란하다. 꽃잔디가 숨넘어갈 듯 절정을 토해내고 천수경에 나오는 신묘장구대다라니 염불 소리가 불자들을 맞는다.

관세음보살과 삼보에 귀의하고, 악업을 금하며 탐, 진, 치 삼독을 멸하고 깨달음에 이르도록 기원한다는 주문이 오늘도 그날처럼 가슴을 헤젓는다. 익숙하다는 건 길들여진다는 것을 뜻한다. 오래 알아 온 사이일수록 자연스레 서로에게 길들여지기 마련이다. 불과 몇 년 만에 대웅전에 이어 또 다른 당우가 새롭게 완공되어 규모가 커져 있지만 북지장사는 여전히 편안하다.

가까이 있는 지장전보다 대웅전 앞 배롱나무가 나목인 채로 붉은 연등을 달고 먼저 달려나와 반긴다. 갑자기 내 안에 연등 하나 켜진다. 석가모니부처님이 아니라 아미타부처님과 관세음보살, 대세지보살이 봉안되어 있는 대웅전에서 삼배의 예를 갖춘다. 백팔배로 친구의 완쾌를 빌었던 그 작은 법당에는 계절이 길을 잃지도 않고 찾아와 침묵을 다스리고 있다.

눈부시도록 화사한 이 봄날, 무언가 허전하다. 두 개의 대웅전 현판을 향한 석탑의 눈빛이 아련하게 흔들린다. 한때의 영화를 떠올리며 감자꽃 같은 눈물을 그렁거리는 석탑 위에는 송홧가루만 날린다. 올해는 피치 못할 사정으로 석가탄신일 행사조차 윤사월로 미뤄진 탓일까. 술렁거릴 거라 여겼던 절간의 풍경은 뜻밖에 차분하다.

근처에서 환담을 나누던 젊은 스님이 방으로 들어가신다. 편리함과 바꾼 스님의 정신세계만큼이나 오래된 요사채가 눈길을 끈다. 물결치듯 기울어진 지붕, 마루도 없는 댓돌 위에 가지런히 놓여진 철 지난 털신 한 켤레에 마음이 젖는다. 남루해 보일 만큼 낡은 건물은 너와집을 연상시킨다. 운치 있게 기왓장을 올려놓은 키 낮은 지붕 아래 작은 종무소도 있다.

아직은 우리에게 무엇이 더 소중한지를 일깨워 주는 따스한 풍경들, 머리가 천장에 닿을 듯한 처마 낮은 집, 저 문턱을 나서면서부터 우리는 탐욕에 길들여졌는지 모른다. 허기지듯 새로운 것을 찾아다니느라 늘 지쳐 있었다. 오래된 것들이 기도가 되어 발길을 붙드는 곳, 그것이 북지장사가 지닌 매력이다.

한 차례 마음을 정화시키고 지장전으로 들어선다. 정면 한 칸, 측면 두 칸의 다포식 팔작지붕을 한 지장전의 출입문은 특이하게도 측면의 뒤쪽 편에 붙어 있다. 텅 빈 법당을 석조지장보살좌상이 홀로 지키고 있다. 민머리에 늘어진 두 귀, 왼손에 보주(寶珠)를 들고 계신 부처님은 지장전 뒤뜰 땅 속에 묻혔다가 발견된 통일신라 후기의 불상이다.

죽은 뒤의 육도윤회나 지옥에 떨어지는 고통을 구제해 준다는 지장보살을 향하여 백팔배를 시작한다. 그리움만 남기고 서둘러 떠난 이들을 위해 기도한다. 언젠가는 떠나보내야 할 것들, 몇 번의 봄을 보내고 나면 내 늑골에 살점처럼 돋아날, 애잔한 것들이 있어 우리는 겸허함 속에서 행복을 찾는다.

마음이 가볍다. 지장전을 나오는데 새 한 마리 지붕에 앉았다 날아간다. 잠시 천수경이 출렁, 다시 송홧가루 날린다.

작은 것에 감사하며

군위 지보사

해발 437m의 선방산(船放山)은 마치 배를 띄운 것 같다고 해서 붙여진 이름이다. 구전에 의하면 선방산 꼭대기에 배를 띄우고 놀 만큼 큰 못이 있었지만 당나라 장수들이 그곳에서 뱃놀이를 즐기고는 못을 메워 버렸다고 한다. 어떠한 가뭄에도 마르지 않는 옹달샘이 지금까지 남아 있다는 설화를 간직한 그곳에 지보사가 있다.

지보사(持寶寺)는 신라 문무왕 13년(673년)에 창건되었다고 전할 뿐 그 이후 근대까지 역사는 전하지 않지만 그 옛날에도 그리 큰 절은 아니었던 듯하다. 다만 지보사에는 이름처럼 세 가지 보배가 있었다. 아무리 갈아도 닳지 않는 맷돌과 사람 열 명이 들어가고도 남을 만큼 큰 가마솥 그리고 청동향로이다. 향로 대신 단청의 물감으로 쓰이는 오색 흙을 꼽는 경우도 있지만 향로만 은해사 성보박물관에 소장되어 있고 나머지는 어디로 사라졌는지 알 길이 없다.

송홧가루 날리는 오월, 때 이른 더위가 기승을 부린다. 텅 비어 있는 주차장을 두고 극락교 앞 그늘에 차를 세운 후 다리를 건넌다. 큰 나무 그늘이 내 발등을 서늘하게 적셔 주고 곧게 뻗은 길은 다시 돌계단으로 이어진다.

"생각이 말이 되고 말이 행동이 되고 행동이 습관이 되고 습관이 운명을

불두화가 절정인 경내.

좌우한다."

계단 입구에 새겨진 글이 마음 밭을 돌아보게 한다. 첫 느낌이 가지런한 절이다. 계단 위에서 은행나무가 사천왕처럼 내려다볼 뿐 한낮의 풍경은 모든 게 멎어 있다. 기도하는 마음으로 계단을 오른다. 은행나무 뒤로 아담한 루(樓)가 막아서는 작은 뜰, 한쪽에는 삼층석탑 하나가 투명한 햇살에 몸을 씻고 있다.

가지가 휘어지도록 핀 불두화, 막 씻고 나온 듯한 순백의 얼굴빛과 마주하며 나는 고요 속으로 걸어 들어간다. 무언가로 꽉 찬 절은 비밀의 화원처럼 조심스럽다. 저들만의 따스한 언어들이 두런두런 말을 걸어올 것만 같다. 작고 경이로운 세계로 초대받은 이 순간조차 우연과 필연으로 예정된 약속이었으리.

불두화 한 그루 심고 잠들었던 어제 일을 떠올린다. 이토록 많은 불두화를 만날 운명이었을까. 종자를 맺지 못하는 애잔한 불두화, 그 순결한 아름다움에 빠지노라면 저절로 기도가 나온다. 숨소리 낮춰가며 사진을 찍고 한참을 서성인다. 주지 스님이 어떤 분인지 뵙지 않아도 그려진다.

작은 소읍에 위치한, 적요처럼 말간 추억들이 꿈꾸듯 살아가는 절, 어디선가 스님이 문을 열고 나올 것 같은 긴장감이 흐른다. 나는 오월의 품에 안겨 또 다른 세계로 빠져든다. 별 기대없이 찾아온 내게 절은 빛바랜 고향처럼 푸근하다.

조각미가 뛰어난 고려시대 석탑, 보물 제682호 삼층석탑의 시선도 부드럽다. 대웅전을 비켜나 두 단 아래 서 있지만 결코 외로워 보이지 않는다. 구석구석 시선 닿은 곳마다 부처님의 섬세한 눈길이 머물고 커다란 은행나무는 대웅전만큼이나 든든하다. 섬세함과 고요함, 소박함까지 갖춘 지보사에는 까마득히 잊고 있던 향수가 어룽거린다.

욕심 없는 평온함이 경내를 가득 메우는 이 시간, 현판도 없는 작은 루에 올라 시집을 읽으며 한껏 여유를 부리고도 싶다. 산 아래 정경도 궁금하지만 문을 열고 들어가기가 조심스럽다. 절은 열린 듯 편안하고 비밀스러우면서도 조심스러움이 느껴진다.

햇살이 따가운 줄도 모르고 행복에 취해 마당을 거니는 이 소박한 특권은 누가 보내주셨을까. 작은 자갈돌이 발밑에서 바스락거리고 풍경이 간헐적으로 울다 멈추는 처마 아래에서 나는 한량없는 감사함에 젖는다. 수많은 경쟁 속에서 키 재기를 하며 살아왔던 눈 먼 날들, 어쩌면 그런 시간들이 있어 지금의 작은 행복에 감사할 줄 아는지도 모른다.

대웅전 법당에 들어가 석조아미타여래 삼존불 앞에서 백팔배를 시작한다. '비록 적게 얻었다 하더라도 그것을 가볍게 여기지 말라' 종무소 입구에

보물 제682호 삼층석탑.

걸려 있던 글이 법당까지 따라왔다. 손에 잡히지도 않은 것들을 끝없이 좇으며 쉼 없이 달려왔던 가여운 내 육신과 마음을 어루만져 준 것은 언제나 작고 소박한 것들이었다.

삼존불 옆으로 보이는 일타 큰스님의 인자한 미소가 빈 법당을 더 푸근하게 밝힌다. 법당 문 앞에 고여 있는 투명한 햇살, 더 이상 울지 않는 풍경, 모두가 숨을 죽이고 참선 중이다. 은행나무 그늘 아래 안기듯 자리잡은 루(樓)의 처마 끝에는 빛바랜 염원들이 걸려 있다.

그 아래로 조금 전 내가 들어왔던, 은행나무가 수문장처럼 지키고 서 있는 출구가 보인다. 계단을 내려가면 출구는 다시 입구가 되어 바쁜 시간 속으로 이어지리라. 지보사에서 만난 오월의 말씀들은 까마득히 깊다. 마음을 열고 귀 기울이면 아주 낮은 자세로 걸어오던, 작아서 혹은 어두워서 보이지 않던 말씀들이 새로운 세계로 인도한다.

해마다 오월이 오면 지보사를 찾으리라. 내 안에 든 영원성을 잊고 만족할 줄 모를 때, 손 안에 움켜쥔 젖은 아픔들이 되살아날 때도 지보사를 기억할 것이다. 그때도 나의 기도는 언제나 한결같기를 바란다.

"교만하지 않고 작은 일에 감사하며, 여름 풀냄새 같은 기도로 살아가게 해 주소서."

새벽닭과 와불

화순 운주사

운주사(雲住寺) 이름에서는 구름이 머문다는 뜻의 서정적이고 도교적인 냄새가 흐른다. 돌 운(運), 배 주(舟)를 써서 배가 물에 떠서 움직인다는 뜻도 있다. 궁금증을 안고 평탄한 골짜기를 따라 들어서자 이팝나무 꽃들 사이로 신세계가 펼쳐진다. 천불 천탑의 상상력을 자극하며 야외 조각 전시장에 초대받은 것처럼 환상적이다.

신라 말 도선국사가 세운 후 고려 혜명 스님이 천불 천탑을 조성했다는 기록도 있고 도선이 하룻밤 사이에 천불 천탑을 쌓았다는 불가사의한 전설도 있다. 미륵의 혁명사상을 믿는 천민, 노비들이 천불 천탑과 사찰을 만들어 미륵 공동체 사회를 만들었다는 또 다른 설도 있다.

커다란 암반을 지대석으로 사용한 구층석탑을 시작으로 제 멋대로 생긴 돌들을 얹어 놓은 듯한 거지탑도 보인다. 팔작지붕에 용마루까지 얹은 보물 제797호 석조불감을 지나면 십 각의 기단면석을 제외하고는 모두가 원형으로 이루어진 원형다층석탑이 맞는다. 흔히 보아 오던 정형화된 석탑들과는 달리 구속과 간섭을 박차고 걸어 나와 자유로움을 선언한 탑들이다.

세련됨은 없지만 형식과 규제를 벗어나 무계획적이고 자유분방한 기법의 탑들은 거칠고 투박한 원시성과 모던한 파격미를 고루 갖추고 있다. 오래 된 것이 오히려 현대적일 수 있다. 탑들은 시공간을 훌쩍 뛰어넘어 나를 이끈다. 불교와 민간 신앙이 융합되던 초기불교의 정서도 느껴지고 도교나 밀교사원의 분위기도 느껴진다. 어쩌면 힘없는 민중들의 기복 신앙지였을 지도 모른다..

길가 바위벽 아래에는 못생긴 불상들이 앉거나 서서 해바라기를 하고 있다. 아무렇게나 주물러 놓은 듯한 표정 없는 얼굴들과 왜소한 체격에서 인간적인 냄새가 물씬 풍긴다. 무한히 꿈을 꾸는 것도 같고 저마다 간절한 염원을 담고 있는 것도 같다. 신비로운 물결로 가득 찬 경내에 클로버 무리가 꽃을 피우고 이팝꽃은 천진스럽게 하늘거린다.

나는 쉽게 만날 수 없는 예술작품을 감상하듯 나를 낮추고 석불들을 응시한다. 천천히 지장전으로 향하다 크기가 다른 주판알을 쌓아올린 듯한 발형다층 석탑 앞을 지날 때 궁금증이 폭발하고 말았다. 공사바위 아래 암벽에도 마애여래좌상이 새겨져 있고, 그 아래에도 바위에 기대거나 옹기종기 민초 같은 석불들이 또 무리지어 모여 있다. 공유할 수 없는 오랜 아픔들, 왠지 모를 슬픔과 숙연한 토속성이 자꾸만 말을 걸어오는 것이다.

고려 중기 이후에 만들어진 것으로 추정되는 탑들은 그저 불교적 상징성으로 이해할 수도 있다. 그러나 이 많은 석탑과 불상들은 정성이나 예술혼에 의해 빚어졌다기보다 수를 채우기 위한 간곡함이 더 짙게 배어 있다. 공사바위에 앉아 어둠이 내려앉는 운주사를 하염없이 내려다보고 있으면 답이 풀릴까?

황석영의 장편 역사소설 『장길산』이 떠오른다. 관군에 쫓기던 유민과 노비들이 하룻밤 사이에 천불 천탑을 세우면 그들이 주인이 되는 새 세상이 열린다는 말에 모두가 하나 되어 탑과 불상을 만든다. 밭고랑이든 산비탈

민초를 닮은 석불들.

이든 높은 암벽이든 가리지 않고 천불천탑을 만든다. 골짜기에 징과 망치 소리가 자욱하게 울려 퍼진다.

미륵불이 나타나 중생을 해탈시킨다는 새 시대, 즉 용화세상을 열기 위해 혼신의 힘을 다한 사람들, 미륵을 본 적이 없기에 제각각 모습이 다를 수밖에 없지만 999개를 세우고 마지막 하나 남은 것이 집채보다 큰 바위에 새겨진 와불이다. 소설 속의 이야기를 나는 그대로 믿고 싶다. 그것이 이 시대를 살아간 아픈 영혼들을 위한 최소한의 예의일지 모른다.

햇살 아래 누워 있는 와불.

무심히 누워 있는 와형 석조여래불을 가만히 내려다본다. 새벽닭이 울기 전에 끝내야 하는데 미처 일으켜 세우지 못한 유일한 불상이다. 전설 같은 이야기를 기억이나 할까? 두 와불은 사랑하는 연인처럼 편안하고 다정해 보인다. 사람들은 떠나지 않고 와불 주위에 둘러 앉아 담소를 나눈다. 진실은 세월 속에 희미하게 잠들어 가고 또 새로운 것들이 우리를 이끈다.

　눈이 부시도록 햇살 투명한 오월, 운주사 골짜기를 빠져나오는데 나뭇잎 사이로 아픔의 둔주곡이 흐른다. 비탈에 처박히듯 머리를 아래로 둔 와불이 그대로 편안할 리가 없다. 운주사 와불은 언제쯤 자리를 털고 일어설까?

태극나비를 본 적이 있는가

밀양 무봉사

이름만으로도 끌리는 도시 밀양, 영남루 바로 옆에 무봉사(舞鳳寺)가 자리하고 있다. 우리나라 3대 누각으로 불리는 영남루에는 휴일을 즐기는 사람들로 어수선한데, 그곳에서 살짝 돌아 앉은 무봉사 가는 길은 대숲이 밀양강을 막아 주어 아늑하고 호젓하다. 일주문을 지나면 가파른 계단 위로 해탈문을 대신하는 무량문(無量門)이 보이고 작은 문안으로 하늘을 나는 봉황 모형이 선명하게 카메라에 잡힌다.

무봉사는 신라 혜공왕 9년(773년) 법조(法照)가 세운 절이다. 지금의 영남루 자리에는 영남사라는 절이 있었지만 절이 타고 없어지자, 당시 무봉암이었던 절을 무봉사로 승격시키고, 임진왜란 때 소실된 것을 여러 차례 중창하여 오늘에 이른다. 무봉사는 봉황이 춤추는 모습인 이곳 지형을 따서 붙여진 이름이다.

무봉사에는 재미있는 전설도 전해진다. 통일신라 말기 나라가 힘들 때, 날개에 태극무늬가 있는 나비가 무봉사가 있는 아동산을 날아다니다 사라진 후 고려가 세워졌다고 한다. 그 후 나비가 나타날 때마다 경사스러운 일들이 생겨나, 지금도 태극나비를 찾아 많은 사람들이 무봉사를 참배한다고 한다.

일주문에서부터 가파른 계단이 이어지지만 우측으로 밀양강변 풍경이
시원스럽게 펼쳐져 절은 결코 작아 보이지 않는다. 정갈하고 고요하다. 대
웅전에서 피부가 맑고 고운 비구니 스님이 예불을 끝내고 막 나오실 것만
같은데, 아름드리 나무들이 사찰을 지키고 봉황 두 마리가 방문객을 맞고
있다. 나비를 보지 않아도 길한 기운들이 내게로 전해져 올 것만 같다.

참배는 되도록 짧게 끝내라는 안내문이 대웅전 법당 앞에 선 나를 주춤

둘레길로 이어지는 소박한 산문.

거리게 만든다. 매주 산사를 찾아 백팔배하겠노라는 약속을 깨고 싶지 않아 남편과 나란히 백팔배를 시작한다. 손 소독제를 비치하고 참배자들이 직접 연락처를 기입하도록 방명록을 준비해 둔 세심함까지, 대웅전 법당 마루도 유난히 정갈하여 구석구석 여성성이 느껴지는 사찰이다.

화강암으로 만든 보물 제493호 무봉사 석조여래좌상과 5구의 화불이 장식된 광배는 조각솜씨가 뛰어나고 화려하다. 법당 앞에는 오래된 회화나무 한 그루가 당당히 푸르고, 지장전 가는 모퉁이길 쪽에서 바라보는 절의 풍경도 멋스럽다. 무엇보다 절과 이어지는 두 갈래의 오솔길이 유혹하지만, 가보지 않은 길을 저만큼 걷다 돌아서고 말았다.

운이 좋게 포행을 가려던 스님과 마주친다. 비구니 스님이 아니라 평온한 인상의 비구 스님이다. 인사를 나누고 스님과 함께 둘레길을 걷는다. 스님은 아동산과 무봉사의 역사, 밀양읍성에 대해 설명해 주신다. 작은 절이지만 종각이 따로 있어 무봉사의 봉황이 날아가 알을 품을 수 있도록 아침저녁으로 타종을 하신다는 말씀까지 친절히 들려주신다.

둘레길은 약간의 가파름을 숨기고 아동산 허리를 감고 이어진다. 초록은 녹음으로 변해 햇살을 차단하고 푸른 그늘을 드리운 오솔길을 만들고 있었다. 인적 없는 낯선 숲길이 스님이 계셔 든든하다. 벌걸음이 빠른 스님은 저만치 앞서 걷는가 싶더니 이내 사라지고 보이지 않는다. 마치 태극무늬 나비 한 마리 왔다가 사라진 것처럼.

모처럼 둘레길을 걸을 수 있는 이 시간을 오래도록 즐기고 싶다. 둘만의 시간을 갖기가 쉽지 않은 요즘, 함께 다녔던 절과 숲, 도시를 떠난 일 년간의 삶을 돌아본다. 전원생활을 반대하던 남편이 쉽게 적응해 준 것도, 번번이 절 기행에 동참해 주며 낮고 겸허한 자세로 법당에 들어서는 점도 고맙

봉황 두 마리가 불자를 맞는 대웅전.

다. 그로 인해 공통의 관심거리가 생겼으며 대화도 많아졌다.

이따금씩 알 수 없는 향기가 날아와 대화는 자주 멈춰야 했다. 우리의 발걸음을 붙잡고 돌아보게 만든 것은 백화등 향기였다. 나무들을 감고 울창하게 정글을 이루는 백화등 꽃무리에 탄성을 쏟아낸다. 수백 마리 나비가 날갯짓을 하듯 황홀하다. 적어도 백화등 덩굴에 감겨 질식할 것만 같은 나무들의 창백한 표정이 내 눈에 들어오기 전까지는. 어둠을 지닌 안쓰러운 생동감과 저 아득한 몸짓들, 내 안에서 한 마리 나비가 파닥거린다.

밀양읍성 동문이 보일 무렵 우리는 성곽을 밟으며 다시 무봉사 쪽으로 향한다. 산책길 초입 쉼터에서 움츠리고 있던 한 남자가 생각났다. 햇빛 하나 들지 않은 어둠을 벗 삼아 강물의 소용돌이에 쓸려 버릴 듯 작은 체구의 그가 떠오른다. 그는 어쩌면 태극나비를 찾아 여기까지 온 것은 아닐까.

나는 왜 우리와 함께 걷자고 말하지 못했을까. 선택은 그의 몫이지만, 일

163

상에서 만난 작고 소소한 즐거움이 지친 날개에 힘을 실어 줄 때가 많다. 운이 좋아 무봉사 타종 소리가 그의 가슴에 스며들고 젖어들어 그의 어둠을 털어낼 수 있다면 좋겠다. 행운이란 그렇게 아무도 몰래 조용히 가슴을 흔들고 가는 것이리라.

남자는 이미 사라지고 없었다. 어쩌면 그가 날개 꺾인 한 마리 태극나비였을지도 모른다. 누군가의 따뜻한 말 한 마디를 찾아 이곳까지 날아온 전설 속의 나비를 나는 마음이 어두워 보지 못했던 건 아닐까. 백화등 향기는 더 이상 따라오지 않았고, 무봉사는 말없이 밀양강만 내려다보고 있었다.

숲이 되고 나무가 되어

강진 백련사

유월의 첫 햇살이 만덕산으로 쏟아지는 날, 7천여 그루의 동백나무숲을 찾아가는 일은 큰 용기가 필요했다. 인적 없는 오후의 평화와 세상의 모든 고요가 죄다 몰려와 나를 영접할 것만 같은 곳, 오래도록 꿈꾸어 온 여행이다. 홀로 걷기 좋은 길 중 으뜸으로 꼽힌다는 길, 나는 백련사(白蓮寺)에서 다산초당 가는 그 길을 예외없이 홀로 걷기로 했다.

백련사는 신라 문성왕 1년(839년)에 무염선사가 창건하였으며, 고려 8국사와 조선 8대사를 배출한 이름 있는 사찰이다. 백련결사를 일으켜 불교계의 세속화를 비판하며 실천성을 강조하여 몽고 침입 등 국가적 위기를 극복하는 데도 크게 기여한 절이기도 하다. 무엇보다 백련사는 지척에 다산초당이 있어 더 빛난다.

활짝 열려 있는 대웅전 법당 문 안으로 부처님이 보인다. 단숨에 백팔배를 하며 잡다한 생각들을 버리고 비운 뒤, 만경루에 앉아 준비해 온 차를 마신다. 6월의 더위는 제법 요염하고 배롱나무는 기척도 없이 참선 중이다. 시간이 지나도 절은 침묵을 깨지 않고, 온갖 생명체들이 반짝이며 존재감을 드러낸다. 고요한 소란에 빠져 유월의 백련사는 점점 더 맑고 투명해져 간다.

백련사에서 다산초당 가는 길.

다산초당 가는 비탈길은 멀리 강진만을 향해 하염없이 그리움을 풀어내고 있다. 이제 막 오월을 건너온 싱그러운 차밭은 하늘빛과 어우러져 티끌한 점 없고 숲은 적당한 크기의 나무들이 터널을 만들어 상큼한 그림자로 일렁인다. 그 밑에 정갈한 여인의 앞트임 같은 오솔길이 이어진다. 홀로 걷는 내게로 쏟아지는 새들의 지저귐, 저만치 혜장선사가 휘적휘적 앞서 걷는다.

혜장선사와 다산을 이어 준 것은 차(茶)였다. 혜장은 33세에 백련사 주지가 될 정도로 유학에도 식견이 뛰어난 학승이다. 다산보다 14살이나 어렸지만 6년이란 우정을 지속시킬 수 있었던 것은 차가 아니라 뛰어난 학문 때문일 것이다.

다산은 조선의 르네상스를 연 인물로 평가되고 있다. 명분과 이론에 치우친 유학을 비판하며 사회를 개혁하여 백성의 삶을 변화시키고자 했다. 국가를 부흥시킬 수 있는 현실적인 학문, 즉 실사구시를 추구한 조선 후기 최고의 지식인으로, 서양의 미켈란젤로를 연상케 하는 인물이다.

강진에서 18년의 유배 생활을 하면서 학문을 향한 그의 열정은 끝이 없었다. 백성을 다스리는 목민관의 올바른 도리와 자세를 서술한 『목민심서』를 비롯해 500여 권의 저서를 남겼으며, 다산 초당 옆 동암에 2000여 권의 책을 소장했다는 것만 봐도 훌륭한 학자로서의 자세를 알 수 있다. 낡고 보수적인 학문을 벗어나 실학의 이념을 실천하고자 했던 다산과 혜장은 여러 면에서 통했을 것이다.

홀로 있는 다산을 위해 차를 들고 찾아오는 혜장의 모습이 눈에 그려진다. 늦은 밤 혜장이 찾아올지 몰라 다산은 초당 문을 잠그지 않고 잠자리에 들었다고 한다. 진한 존중과 신뢰가 그들 사이에 흐르고 있었다. 그런 종교

정적에 휩싸인 백련사.

같은 벗 하나 있다면 세상을 다 가진 것만큼 든든할 것이다.

부엉이가 외롭게 우는 밤, 약천에서 물을 길어와 솔방울로 불 지펴 차를 마시며 새로운 학문을 논하다 추사와 초의선사의 근황도 추임새처럼 주고받았으리. 밤이 이슥해지면 혜장은 홀로 숲에 어리는 달빛을 밟으며 돌아왔을 것이다. 차처럼 맑고 정갈했을 그들의 우정을 흉내라도 낼 수 있으면 좋겠다.

추사가 쓴 다산초당이란 현판은 한눈에 그의 존재감을 드러내지만 혜장의 흔적은 쉽게 찾을 길이 없다. 백련사와 다산초당을 오가는 오솔길에 수없이 뿌려졌을 청빈한 영혼과 지성적 숨결을 마음으로 더듬을 수밖에 없다. 절에 살면 절 냄새가 배이고 숲에 살면 숲을 닮아 갈 수밖에 없다. 숲의 고갱이가 된 오솔길을 걷는 즐거움은 놀랍도록 크다.

오늘은 숲이 되고 산새가 되어 걷는다. 백련사가 많은 이들의 사랑을 받을 수 있는 것도 지척에 동백나무숲과 다산초당이 있기 때문이다. 최소한의 비용으로 단순하게 살아가고자 하는 미니멀 라이프나 현재를 즐기자는 카르페 디엠, 욜로를 추구하는 현대인들, 그들은 왜 벗의 소중함은 재고하지 않을까?

백련사 숲길을 걷다 보면 마음이 넉넉해져 온다. 소통이 되고 힘이 되어줄 친구가 있는지 저절로 돌아보게도 된다. 누구에게라도 마음을 담아 엽서 한 장쯤 띄우고도 싶어진다. 왔던 길을 되돌아 다시 걷고 싶어지는 길, 백련사에 가면 홀로 걸어도 결코 외롭지 않은 그런 길 하나 누워서 누군가를 기다리고 있다. 나 같은 그대를.

진정한 행복의 척도는

영천 부귀사

산길을 접어들자 더 이상 민가는 보이지 않고 차는 하염없이 숲을 빠져들듯 나아간다. 산은 적막감에 싸여 베일에 가려진 듯 조심스럽고, 무성한 나무들의 푸른 눈빛은 너무나 성성하여 두려움조차 인다.

네비게이션은 태연하게 그 길을 고집하는데 친구와의 대화는 알 수 없는 두려움으로 말수마저 줄어든다. 흔치 않은 경험이다. 잠시 그늘에 차를 세우고 창문을 연다. 커피를 마시며 애써 숲을 예찬해 보지만 하오의 신록은 끊임없이 나를 불안 속으로 몰아넣는다. 용기를 내어 꾸역꾸역 낯선 이름, 부귀사(富貴寺)를 찾아 산길을 오른다.

부귀사는 신라 진평왕 13년(591년)에 혜림대사가 거조암과 동시에 창건한 1400년이라는 긴 역사를 지닌 절이다. 고려 때는 보조국사 지눌이 주석한 절로, 도중에 폐사되지 않고 명맥을 이어온 크게 알려지지 않은 고찰인 것이다. 산이 좋고 귀한 물이 있다는 산부수귀(山富水貴)로 알려져 약수는 아토피성 피부병에 효험이 탁월하고 각종 차맛을 내는 찻물로 유명할 만큼 수질이 뛰어나다고 한다.

몇 개의 굽이를 지나자 커다란 바위 아래 부도밭이 보이고 그 너머로 아늑한 분지형 터에 부귀사가 자리하고 있다. 어떤 인위적인 꾸밈도 없이 환

171

하게 트인 공간 위로 뻐꾸기 소리만 쏟아져 내린다. 신비스러울 만큼 작은 절이 고요를 삼키며 참선 중이다. 결코 낯설지 않은, 그런데도 함부로 접근할 수 없는 신세계에 이른 듯 경이롭다. 여느 사찰과는 달리 깊고 깊은 산중에 자리한 때 묻지 않은 절이다.

　불안했던 여정은 계단 위 보화루 앞에서 씻은 듯 사라지고 감탄사만 쏟아낸다. 소박하면서도 맑은 기운이 느껴지는 절이다. 보화루를 향해 계단을 오르는 발걸음이 저절로 경건해진다. 일주문이나 천왕문은 없지만 보화

누하진입식으로 통과하는 보화루.

루는 사찰의 마지막 문인 불이문에 해당한다. 저 해탈문을 들어서면 부처님의 나라, 불국정토에 이른다. 우측 담장 끝에서 우리를 지켜보는 큰 나무들의 눈빛도 넓고 깊다.

어쩌면 부귀사에 오는 동안 우리를 두렵게 했던 나무들은 천왕문을 대신했던 것이 아닐까. 현란하고 삿된 마음 돌아보지 않고 잡담을 이어오는 우리를 향한 무언의 경고였으리. 산 아래에서부터 이어지는 일주문과 천왕문을 마음으로 읽지 못하고 어리석게도 숲의 적막함만 보였던 것이다. 모든 나무와 숲, 자연에는 오염되지 않은 혜안을 가진 기운이 있다는 것을 알면서도.

아담한 보화루를 누하진입식으로 통과하면 부처님 세상에 닿을 수 있다. 누각 아래의 어두운 통로 저쪽 편은 마치 딴 세상처럼 밝고 환하다. 누각 밑의 어두움은 나의 어리석음을 뜻한다. 그 장애물을 극복해야 비로소 극락에 들어설 수 있다. 머리가 천장에 닿을 것처럼 누각을 낮게 만든 것도 깊은 뜻이 숨어 있다. 머리를 숙이며 나를 내려놓고 온갖 편견과 고정관념을 버리라는, 즉 하심(下心)하라는 가르침이 담겨 있다. 불교 공부에서 첫걸음이자 마지막이 곧 하심이다.

그동안 수도 없이 머리를 숙이고 절을 들어섰으며 법당에서의 백팔배도 오로지 하심을 위한 기도였다. 그런데도 절문을 나서면서 그 간절함은 어디론가 흩어지고 일상은 또 허둥거리며 자기반성만 되풀이하느라 바쁘다. 절실함이나 일념의 마음이 부족했기 때문이리라. 절 기행은 성숙한 외관에만 그쳐서는 안 된다. 멀고 힘든 일이지만 하심하는 마음은 죽는 날까지 세속되어야 하리라.

보화루를 통과하는 마음이 더없이 차분하다. 경내에 들어서자 몸과 마음

하얀 지등이 걸려 있는 보화루.

이 불국토임을 먼저 알고 편안해진다. 절은 어떤 인기척도 없고 오래된 석
등 하나 외롭다. 극락전을 지키는 배롱나무 그늘 뒤편으로 하얗게 피어서
지고 있는 클로버 무리들과 알 수 없는 꽃향기로 경내는 아찔하다. 빈 절에
들어서면 몸가짐과 행동은 더 조심스러울 수밖에 없는데 고향집에 돌아온
것처럼 따뜻한 이 느낌은 무엇일까?

극락전에는 주존불인 아미타여래불을 중심으로 세지보살과 관음보살
이 봉안되어 있으며, 삼존불 뒷벽에는 1754년에 제작된, 18세기 중엽의 전
형적인 양식의 후불탱화 미타회탱이 보인다. 부족한 안목으로 탱화를 감상
하기보다는 법당의 아늑한 분위기에 이끌려 가부좌를 하고 앉는다.

불안과 공포, 평화와 행복을 오갔던 일련의 마음들을 모처럼 들여다본
다. 일상을 따라다니던 생각과 잡념의 징그러운 고리들, 쓸어내고 비워내
도 다시 쌓이는 탐욕들을 가만히 응시해 본다. 이내 마음이 고요해져 온다.
친구는 요사채 뜰에 앉아 시간을 즐기고 나는 수행기도 도량인 부귀사의
청정한 맥박 소리를 듣는다.

　요사채를 돌아 작은 마당에 들어서니 요사채 문이 활짝 열려 있다. 스님
은 잠시 포행이라도 나가신 듯하다. 뜰 위에 쌓여 있는 장작과 큰 채반에 널
린 밥이 유월의 햇살 속에서 말라가고 있다. 수행 중인 스님의 삶과 첩첩 산
중에 홀로 깨어 있는 작은 절이 내 안에 불을 밝힌다. 보화루 처마에 걸린
하얀 지등(紙燈)을 향해 두 손 모으는 내게 말씀 하나 들린다.

　'행복의 척도는 필요한 것을 얼마나 가지느냐가 아니라 불필요한 것으로
부터 얼마나 벗어나느냐에 달려 있다.'

숱한 오류들의 연속

청도 적천사

적천사(磧川寺)의 은행나무를 보러 떠나라고 누군가 귀띔해 주었다. 초입에서 펼쳐지는 소나무숲에 한껏 부풀어 있는데 느닷없이 800년을 살아온 은행나무와 마주 선다. 시간을 벗어난 존재의 환희, 푸르고 깊은 눈빛과 마주친 이상 차에서 내리지 않을 수가 없다. 은행나무의 오랜 침묵과 장엄한 자태가 그렇게 말하고 있었다. 살아 있는 화석, 나무에게서 서늘하도록 도도한 기운이 흐른다.

천연기념물 제402호로 지정된 은행나무는 수형이 곧고 반듯하며 큰 상흔 없이 자랐다. 고령의 몸으로 유주를 늘어뜨린 채 손톱만한 은행들을 품고 본분을 다하는 모습 앞에서 가슴이 뭉클해진다. 여성의 젖가슴처럼 자라는 유주가 남근처럼 길게 자란 탓에 이것을 끓여 먹으면 남자아이를 잉태한다는 속설이 전한다. 은행나무와 옛 여인들이 재워둔 아픔들이 쿨럭이며 깨어날 것만 같다. 그 지난한 시간들이 먹먹하다. 세상은 많이도 변했다. 유유히 은행나무를 돌아 산 아래로 내려가는 고급 승용차의 뒷모습이 그리 아름답게 보이지 않는다.

은행나무를 올려다본다. 독일의 문호 괴테가 젊은 여인의 마음을 사로잡았다는 은행나무 연시 한 편이 떠오르고, 유난히 은행잎이 노랗게 슬픔으

800년을 살아온 은행나무의 위용.

로 차오르던 바이마르에서 몇 달만이라도 머물고 싶던 낭만어린 나의 꿈들
도 살아난다. 숱한 꿈들은 현실에 치여 빛을 보지 못한 채 사라져 갔다. 젊
은 날 문학과 감수성에 불을 붙이던 은행나무가 오늘은 성스러울 만큼 외
경스럽다.

　　동양에서는 공자가 은행나무 아래에서 강학을 즐겨한 까닭에 유학을 상
징하는 나무로 알려졌다. 학문을 배우고 익히는 곳을 행단(杏壇)이라 부르
는 것도 그 때문이다. 어릴 적 고향 집 앞에도 은행나무 한 그루가 자라고
있었다. 할아버지는 말씀하셨다. 회화나무가 지성적인 나무라면, 은행나무
는 지성과 감성을 고루 갖춘 나무라고. 결코 되돌릴 수 없는 허기진 시간들
이 그리움이 되어 몰려온다.

　　고령의 은행나무 아래에서 돌아보는 지난 세월은 허무하도록 짧고 애틋
하다. 찰나에 불과했던 시간들이 푸른 잎 사이에서 여전히 서성일 것만 같

사찰 뒤 요사채로 이어지는 대숲길

은데, 나무 아래에는 괴테의 연시나 나의 짧았던 청춘은 간곳이 없다. 촛불 밝히며 빌었던 누군가의 간절한 바람들이 삶을 대변하고 있을 뿐이다.

부처님 계신 극락정토를 향해 걸음을 옮기는데 천왕문이 앞을 막아선다. 탐욕과 오염된 마음 내려놓고 들어서라며 사천왕상이 눈을 부라리는데 그 표정조차 친근하다. 사천왕의 발밑에서 고통을 호소하는 온갖 악귀와 축생, 잘못을 저지른 중생들, 천국과 지옥이라는 말도 낯설기만 하다. 오늘 하루의 생각과 행동이 부끄럽지 않기를 바라며 조용히 합장한다.

적천사는 문무왕 4년(664년) 원효가 수도하기 위해 토굴을 지으면서 창건되었다. 828년 심지왕사가 중창했으며 고승 혜철이 수행한 곳으로도 유명하다. 1175년 고려 명종 5년에 지눌이 크게 중건했을 때 참선하는 수행승이 오백 명이 넘었으며 많은 고승대덕이 배출되었다고 한다. 그토록 유명했던 절은 인기척이 없고 쓸쓸하다.

커다란 괘불을 걸고 위엄을 갖추었을 당간지주, 명부전 지붕 위로 보이는 잘생긴 소나무, 영산전 앞의 수국의 침묵과 허공을 닮아 가는 눈빛들, 흐린 날씨 탓인지 알 수 없는 공허함이 인다. 천천히 대웅전 법당에 들어가 백팔배를 한다. 온몸이 젖어들지만 마음은 고요하지가 않다.

원음각 뒤로 곧게 뻗은 길은 소나무가 우거진 숲으로 향하고 있었다. 여름풀들 사이로 시(詩)가 자랄 것만 같은 길, 걷다 보니 도솔천이 부럽지 않다. 시원한 소나무 숲길이 나를 편안하게 이끈다. 수풀 우거진 부도밭이 보이고 길은 울창한 대숲 사이로 이어진다.

아름다운 길이다. 새로 올라온 대나무의 푸른빛이 매혹적이다. 오염되지 않은 순수한 빛깔들이 묵은 대나무들 사이에서 청량한 기운을 뿜어낸다. 줄기는 이미 단단한 마디가 생겨 대나무로서의 손색이 없다. 푸른빛에 홀려 수없이 셔터를 눌러대는데, 지나치게 현상에 이끌려 실체를 놓치지 마라는 말씀 한 자락이 대숲에서 들린다.

길이 끝나는 곳에 대나무로 만든 사립문 하나 열려 있다. 암자는 아닌 듯하다. 정성스럽게 꾸며진 정원과 집 한 채가 숨어 있듯 앉아 있다. 마당 한가운데 덩치 큰 외제 차가 사천왕상보다 더 무섭게 지키고, 잘 가꿔진 나무들이 서로의 얼굴만 바라보며 살아가는 이곳은 무슨 용도로 쓰여질까? 급하게 사립문을 빠져나오는 발걸음에 온갖 의구심이 실린다.

내 발길은 대나무 사립문 앞에서 그쳐야 했다. 무심코 넘은 선이 애써 찾은 마음의 평화를 무너뜨리고 말았다. 선(線)을 넘지 않는다는 것, 중용의 도는 아주 작은 것에서부터 허물어지게 마련이다. 걷잡을 수 없이 불어나는 마음만큼 무서운 게 있을까? 소나무 길을 내려올 때쯤 마음이 고요해진다. 환경에 이토록 민감해지는 내 마음의 주인은 도대체 누구인가?

부처님은 법당을 고집하지 않는다. 혼자서 걷는 길이나 무심코 만나는 나무와 풀, 낮게 부는 바람에도 부처님은 계신다. 우리가 무언가에 한눈을 팔거나 부처님의 존재를 자각하지 못하는 데에서 빚어지는 오류들의 연속, 그것이 삶이다.

모든 날들이 아침 기도 같기를

김천 고방사

문득, 새벽 기도가 하고 싶은 날이다. 한 시간 반을 달려 산사에 도착했을 때는 어느새 아침이 되어 있었다. 이른 아침의 산사는 싱그러웠다. 비가 올 듯 흐린 하늘, 바람에 적당히 몸을 흔드는 7월의 숲에 싸인 주차장, 단정한 어깨를 자랑하는 일주문, 그 안으로 있는 듯 없는 듯 이어지는 길, 모든 게 사랑스러운 아침이다.

일주문을 들어서는 마음도 여느 때보다 정갈하다. 다듬어지지 않은 길이 계곡을 따라 누워 있고, 바람 소리에 깨어나는 나뭇잎들의 은밀한 아침 인사가 높은 곳에서 들려온다. 세월이 낸 흔적 사이로 쭉쭉 뻗은 참나무들이 무리지어 살아가는 곳, 떨어진 나뭇잎과 채 익지 않은 도토리를 보니 굴참나무다. 내 영혼도 함께 깨어나는 아침 산길, 그곳에는 절제와 균형, 고요하면서도 부산한 은혜로움으로 가득하다.

이내 하늘을 가리던 숲이 환해지며 고방사(古方寺)가 보인다. 팽나무 한 그루가 시선을 끌며 분위기는 달라진다. 아주 작은 절인 줄 알았는데 생각보다 크다. 천왕문을 지나 높은 계단 위로 보이는 삼층석탑과 대광보전, 긴 계단을 오르는 발걸음도 모두 기도가 된다. 지은 지 오래되지 않은 전각들은 여느 절과 다름없이 평범하고, 절에 비해 큰 삼층석탑이 시선을 모으고

이른 아침의 보광명전.

있다.

 고방사는 직지사의 말사이다. 경내의 현판 기문에는 418년 아도가 창
건했다고 적혀 있지만 일설에는 신라 법흥왕 13년(526년)에 창건했다고
도 한다. 이후 조선 중기까지의 연혁은 전해지지 않지만 45동에 이르는 대
규모 사찰이었다고 전한다. 임진왜란 때 불에 탄 것을 여러 차례 중창하였
지만 숙종 45년(1719년) 수천이 절을 새로 옮겨 지었다. 보광전만 현재의
위치로 옮기고 나머지 전각은 빈대가 많아서 모두 태웠다고 한다. 보물 제
1854호 〈고방사 아미타여래 설법도〉는 직지사 성보박물관에 보관 중이다.

 보광명전 법당 문이 활짝 열려 있다. 비가 올지도 모를 날씨에 불자를 맞
는 스님의 세심한 정성이 보인다. 누군가 새벽이슬을 털며 들어섰을지도
모를 법당, 신발을 벗고 문턱을 넘는 무심한 행동에도 아침 공기가 떨며 일
어선다. 목조 아미타삼존불의 평온한 시선을 의식하며 백팔배를 시작한다.

白馬山高方寺

고방사 일주문.

호흡은 여느 날보다 더 차분하다.

손녀가 태어나던 날, 한 편의 잘 빚어진 서정시처럼 아이의 인생이 펼쳐지길 얼마나 숨죽이며 기도했던가. 인생은 고행이라 하지만 아름답고 호기심 가득한 것들로 채워져 있다. 가끔은 전쟁 치르듯 긴장과 아픔으로 숨죽일 때도 있지만 삶은 분명 축복이다.

작은 소리에 반응하고 시선이 옮겨갈 때는 또 얼마나 경이로웠던가. 어느 별에서 저토록 고귀한 생명이 흘러와 나와 깊은 인연을 맺게 되었을까? 아이가 순수한 눈빛을 보내올 때마다 나는 수많은 다짐들로 화답하곤 했다. 너무 높지도 허술하지도 않은, 든든한 울타리가 되어 주겠노라고. 하지만 인생은 끊임없이 우리를 시험에 들게 한다.

생후 10개월을 넘긴 손녀는 발육이 늦은 편이라고 했다. 또래 아이들에 비해 언어와 대근육 발달이 늦다며 젊은 의사는 두어 달 지켜보다 정밀검사를 받아 볼 것을 권유했다. 그토록 총명해 보이던 아이를 방점처럼 찍혀 따라다니며 괴롭히기 시작했다. 틈만 나면 억지로 아이를 세워 보기도 하고 걱정스러운 눈빛 속에 스며드는 불안감을 잠재울 수가 없었다.

힘들었던 며칠이 그대로 아침 기도에 실린다. 절을 거듭할수록 법당 문을 드나드는 아침 공기는 더욱 상쾌해지고, 점점 보이지 않던 내가 보인다. 아이의 든든한 울타리는 경제력도 지성적인 잣대도 아니다. 아이를 믿고 지켜볼 수 있는 무한한 긍정의 힘이다. 그런데 나는 불안한 마음을 얹어 사랑이라 둘러대며 허우적거렸으니, 저토록 순수한 영혼이 모를 리 없다. 벌써부터 또래와 비교 당할 수밖에 없는 세상을 향해 아이는 어찌 첫발을 용감하게 뗄 수 있으랴.

손녀의 양육을 책임져야 할 상황이 부담스러웠던 것일까. 가만히 나를 들여다본다. 체력적인 한계와 주변인들의 만류, 미련을 버리기 힘든 것들과의 단절, 그 속에서 나는 중심을 잡지 못했던 것 같다. 이 아침, 훌륭한 양육자로서 갖춰야 할 내적 성장이 절실하다는 것을 깨닫는다. 확신 없이 심은 꽃씨가 어찌 건강한 뿌리를 내리고 꽃을 피울 수 있으랴.

스스로를 믿고 사랑하지 못하면 어떠한 성공과 행복도 무의미하다. 지나치게 남을 의식하지 않고 언제나 밝고 꿋꿋한 아이로 성장시키고 싶다. 타인을 향한 시선에도 이해와 사랑이 실릴 수 있다면 무엇을 더 바라랴. 어둡고 불안했던 마음들이 아침 기도에 쓸려 나가고 내 안에는 젊고 의욕적인 기쁨들로 채워진다. 그것은 새로운 목표가 되어 가슴이 설렌다.

법당 밖으로 펼쳐진 참나무숲이 유난히 아름답다. 자기다움을 잃지 않고 살아가는 나무들은 바람이 불 때마다 한 몸이 되어 움직인다. 참나무는 결코 송백(松柏)의 절개를 꿈꾸거나 탐하지 않는다. 크기와 모양이 다른 나무들이 제각각 어울려 숲은 풍요롭다.

한때의 어둠을 토해내고 아침이 잉태한 숲의 언어들이 나를 격려하며 배웅한다. 내려올 때 바라본 숲은 훨씬 깊고 거룩했다.

사막의 낙타처럼 묵묵히

군위 법주사

법주사(法住寺)를 찾아가는 길은 후덥지근한 여름, 홀로 적적하다. 인적 없는 들길을 개망초가 하얗게 무리지어 밝힐 뿐 모든 게 나른하다. 버려진 땅을 악착스럽게 지켜낸 숱한 고독들이 있어, 귀화식물이란 꼬리표가 결코 밉지 않은, 소박하면서도 사랑스러운 꽃이다.

청화산 남쪽자락에 있는 법주사는 은해사 말사로 신라 소지왕 15년(493년)에 심지왕사 또는 은점조사가 창건했다고 알려져 있다. 고려시대 보조국사 지눌이 주석하고 일연이 총림을 세웠다고 하는데 정확하지는 않다. 조선 중기 화재로 법당이 소실되자 1623년 보광명전을 중건하고, 15년 전 지금의 주지 육문 스님이 중창불사하였다.

넓은 주차장과 세월의 흔적이 느껴지지 않는 당우들의 당당함 앞에서 잠시 당황스럽다. 불이문과도 같은 보광루를 통과하자 너른 마당 건너편에 위압적일 만큼 거대한 보광명전이 시선을 끈다. 1만여 평의 넓은 대지가 옛 사세를 짐작케 하지만 오랜 역사의 흔적은 느껴지지 않는다.

저 멀리 보광명전 앞 너른 계단을 스님 두 분이 내려오신다. 담소를 나누는 모습이 한 폭의 그림 같다. 장엄한 경관과 달리 다소곳한 젊은 비구니 스님이 친절하게 절을 소개해 주신다. 법주사 주지는 전국 비구니 회장 육문

압도적인 크기를 자랑하는 보광명전.

스님, 평생을 올곧게 살아오셨는지 젊은 스님의 얼굴에는 존경과 자긍심이
가득하다. 스님들이 하안거 수행 중이니 보광명전 우측 뒤로 보이는 청화
선원 쪽은 피하기를 당부하신다.

　남성적인 느낌이 드는 보광명전은 선뜻 들어서기가 부담스럽다. 보광명
전을 짓기 전에는 영산전이 주법당으로 쓰였다는 스님의 말씀이 떠올라 발
길은 자연스럽게 그곳으로 향한다. 영산전은 별채처럼 시선을 피해 다소곳
하게 뒤편에 자리잡고 있다. 질곡의 아픔을 안고 살아가는 오층석탑과 내
면을 키우며 살아가는 향나무가 영산전을 지킨다.

　법당 안은 고색창연한 역사의 깊이가 그대로 남아 있다. 단청이 벗겨진
천장과 오래된 마룻바닥이 주는 편안함, 비구니 스님들이 수행하는 도량이

라 그런지 아늑하다. 석가모니 삼존불을 향해 천천히 백팔배를 시작한다. 무심과 무심의 연속, 어떤 사념이나 청원도 없이 백팔배를 끝내고, 텅 빈 마음으로 가부좌를 하고 앉는다.

시간을 잊은 채 오래 머물고 싶어지는 공간이다. 내 안에도 지혜를 모을 수 있는 법당 같은 내면의 공간이 있다면 좋겠다. 석가모니 삼존불 뒤로 보이는 후불탱화에 유난히 마음이 끌린다. 석가모니가 법화경을 설법하는 영산불국, 사바세계의 불국토가 단순하면서도 차분한 색감으로 표현되어 있다. 법당을 독차지하고 앉아 국보도 보물도 아닌 후불탱화를 감상하는 이 시간이 좋다.

법당을 나서는데 청화선원 앞마당에 스님들이 줄을 서서 돌고 계신다. 수행을 하다 잠시 포행 중인 듯하다. 가슴 서늘하도록 아름다운 광경 앞에서 나는 물푸레나무를 떠올린다. 껍질을 벗겨 물에 담그면 물이 푸르게 변한다 하여 이름 붙여진 나무다. 가까이 있으면 나도 푸르게 물이 들 것만 같은 숭고한 나무들. 나는 무슨 의식을 치르듯 포행이 끝날 때까지 멀리서 지켜보았다.

그 사람을 제대로 알고 싶으면 주변 사람을 보면 알 수 있다는 말이 있다. 모든 욕망의 고리를 끊고 맑은 정신세계를 추구하며 살아가는 사람들, 그들이 머무는 공간과 대화, 고독을 껴안고 행해졌을 수많은 날들의 기도를 떠올린다. 나의 한 주는 늘 그렇듯 어수선하고 분주했다. 보광명전으로 향하는 발걸음이 그리 가볍지만은 않다.

잠긴 문고리를 풀고 법당으로 들어서는데 커다란 괘불함이 아미타삼존불보다 먼저 반긴다. 짐작컨대 보물 제2005호로 지정된 법주사 괘불도가 보관되어 있는 함이리라. 1714년 숙종 40년 아홉 명의 화승이 참여하여 완성한 대형 괘불이다. 찬란했을 한때의 영광이 영겁의 세월 속에서도 꺼지지 않기를 바라는 마음 간절하다.

넓은 법당에는 조금 전까지 기도를 한 흔적이 남아 있다. 반으로 접혀진 좌복을 펴자 누군가 외우다가 만 경(經)이 염불이 되어 흘러나온다. 아미타삼존불을 향해 삼배를 하고 나서는데 하얀 피부에 가녀린 체구의 스님 한 분이 다리를 절며 들어오신다. 봉침을 맞았다는 발이 슬프도록 희다. 상냥한 말투와 미소조차 애잔해진다. 독백처럼 걷는 스님의 길이 마냥 꽃그

영산전과 포행 중인 스님들.

늘일 수만은 없으리. 누군가와 함께 걷는 내 길도 외롭기는 마찬가지 아닌가.

육체적인 아픔에서 벗어나 수행에 전념하길 바라는 마음을 담아 어둡지 않은 그림자 하나 남겨 두고 법당을 빠져나왔다. 너무 웅장해서 정이 가지 않던 첫 느낌의 보광명전이 제법 든든해 보인다. 오늘 마주친 스님들의 위태롭지 않은 시간들이 법주사의 넉넉한 미래임을 알았기 때문이다. 절을 나서는 내 발걸음에도 정갈한 기운이 실린다.

국내에서 가장 큰 왕맷돌이 있다는 소식을 듣고 가볍게 찾아갔던 법주사, 맷돌 위에 소탈한 웃음을 띠고 앉아 있는 동자승에 마음을 빼앗겨서는 안 된다. 그곳에는 사막의 낙타처럼 묵묵히, 힘들고 고단한 외길을 고집하는 비구니 스님들의 푸른 기도가 사시사철 자라고 있다. 삼천 년 만에 한 번 핀다는 우담바라 같은, 그 깨달음을 만나기 위해 지금도 정진 중이다.

어떠한 걸림이나 위태로움도 없는 눈빛으로
영동 반야사

달이 머물다 간다는 월류봉을 지나 석천계곡을 따라 반야사(般若寺)로 향한다. 불어난 계곡물로 긴장감을 늦출 수가 없는데, 긴 장마를 빠져나온 사람들은 햇살을 업고 백화산 둘레길을 걷는다.

줄지어선 잣나무 그늘 끝으로 반야사가 보인다. 반야는 인간이 진실한 생명을 깨달았을 때 나타나는 근원적인 지혜를 말한다. 접근성 좋은 천변에 자리잡은 널찍한 경내로 들어서는데 계단 옆에서 봉숭아꽃이 무리지어 반긴다. 문턱이 높지 않은 개방적인 절임을 알 수 있다. 템플 스테이로 머무는 참가자들과 관광지에 들른 듯 반바지 차림에 뒷짐을 지고 둘러보는 방문객들로 절은 조금 어수선하다.

법주사의 말사인 반야사는 신라 문무왕 때 원효가 창건했다는 설도 있지만, 성덕왕 19년(720년) 의상의 십대 제자 중 하나인 상원이 창건하였다는 설이 더 지배적이다. 수차례의 중수를 거쳐서 세조 10년(1464년)에 크게 중창하였지만 6·25전쟁으로 소실되어 고졸미는 찾기 어렵다. 다만 맞은 편 지붕 위로 꼬리를 치켜들고 포효하는 돌무더기 호랑이가 신비감을 자아낸다.

이 절에서 가장 오래되었다는 극락전과 오백 년 된 배롱나무, 절이 창건

될 당시 세워졌다는 보물 제1371호 삼층석탑이 섬처럼 모여 하나의 세계를 이루고 있다. 세월의 깊이가 느껴지는 배롱나무 꽃그늘에서 바라보는 극락전 주변은 사대부가의 후원처럼 아담하고 운치가 있다. 그 옆 돌계단 위에는 산신각이 홀로 꿈꾸듯 외롭다.

아득한 과거를 그리워하는 극락전과 무심하도록 개방적인 대웅전의 훤한 이마, 비밀스런 아픔 하나쯤 풀어놓고 싶은 앙증맞은 산신각, 외부인의 출입을 막는 엄숙한 수행 공간까지 다양한 매력이 숨어 있다. 하나가 아닌 듯 하나로 존재하는 절, 방문객들의 시선을 즐기며 성장하는 사찰 같다.

불자들이 많이 찾는 대웅전보다 극락전이 백팔배를 하기에는 훨씬 아늑하고 편한 공간이란 걸 뒤늦게 알았다. 사람들은 주로 대웅전을 들른 후 약속이나 한 듯 문수전으로 향하고 있었다. 문수전 가는 두 갈래의 길이 호기심을 자극한다. 담장을 끼고 계곡을 따라 이어지는 길 대신 대웅전 뒤편의 넓은 돌계단을 이용하기로 했다. 참나무숲 사이로 보이는 반야사의 뒷모습은 지극히 평범하고 편안하다.

길지 않은 산길을 따라 오르자 뜻밖에도 문수전은 시원스럽게 펼쳐진 허공을 안고 벼랑 끝에 돌아앉아 있다. 아슬아슬한 문수전 절벽 아래로는 장마로 불어난 물길이 울창한 숲을 뚫고 나와 도도하게 흐른다. 법당에는 한 무리의 사람들이 기도 중이고 물길은 너른 세상을 향해 거침없이 제 갈 길을 가느라 힘차다.

문수전 법당은 아주 작다. 느긋하게 기도하는 사람들 틈에 끼어 서둘러 삼배만 하고 나왔다. 쉼 없이 발길을 재촉하는 물길을 바라보며 불심이 강했다던 세조를 생각한다. 피부병을 치료하기 위해 오대산 상원사 계곡을 찾은 세조와 등을 밀어 주고 사라진 문수보살 이야기가 이곳에도 전해진다. "왕의 불심이 갸륵하여 부처님의 자비가 따른다"는 말을 남기고 사라졌다는 문수보살은 복덕과 반야지혜를 상징하는 보살이다.

문득 「반야심경」에 나오는 '색즉시공 공즉시색(色卽是空 空卽是色)'이 떠오른다. 세상의 본성을 나타내는 공(空)은 무한한 가능성이며 잠재적인 무엇이다. 우리가 보고 만지고 느끼는 것들로 이루어진 이 세상 모든 것들의 실체는 공이다. 양자역학이 있기 수천 년 전에 이미 부처님은 이 모든 색의 실체는 공이라 말씀하셨다. 상식적일 만큼 흔하게 쓰는 철학용어이지만 여전히 어렵고 먼 세계이다. 내게 공의 세계는 깨달음에서 오는 것이 아니라 늘 지식적인 수준의 앎에서 그치고 말기 때문이다.

머리로 아는 실존의 방식은 참으로 단순한데 내 삶은 늘 무언가에 목 말라하며 허기져 있다. 수많은 절을 찾아다니며 백팔배를 하는 것조차 본질을 놓친 임시방편에 지나지 않는다는 것을 모를 리 없다. 하지만 어쩌랴. 마지막 문을 열 때까지 내 존재의 크기만큼 발버둥치다 가는 게 인생인 것을.

내려오는 길은 다른 길을 택했다. 좁고 가파른 돌계단이 바짝 긴장한 채 나를 이끄는데 나는 자꾸 생각이 많아진다. 격렬하게 굽이치는 계곡물의 힘찬 맥박소리에 숱한 사념들이 자맥질을 해댄다. 반야사로 이어지는 인적 없는 오솔길을 문수전의 자유로운 눈빛이 함께 걷는다. 어떠한 걸림이나 위태로움도 없는 하나의 말씀이 되어.

다시 만난 반야사는 더 새롭고 깊이가 느껴진다. 한낮에도 백화산 돌무더기 호랑이가 지켜 주는 절, 그 신비로운 비경 속에 문수보살의 지혜와 영험함이 숨어 있을 것만 같다. 이른 새벽이나 밤에 기도하러 오는 여성 불자들을 위해 특별히 문수전은 비구니 스님이 관리한다는, 절 앞 카페 여주인의 친절한 설명에도 자부심이 가득하다.

한 마리의 호랑이가 지키는 절, 반야사.

사람이 많지 않을 어느 호젓한 날에 백화산 둘레길을 걸어서 다시 한 번 반야사 일주문을 들어서고 싶다. 그리고 한 번도 온 적 없는 곳에 온 듯 두근거림을 안고 문수전으로 향하리라. 저 참나무숲 언저리를 오를 때 누군가 말을 걸어온다면, 나는 그를 문수보살로 기억하며 흥분할지 모른다. 그가 평범한 불자여도 상관없다. 깨달음의 길은 멀고 험하지만 그 도상에서 만나는 신기루 같은 기쁨들이 있어 우리는 또 힘을 내지 않는가.

뱀이 허물을 벗듯

무주 안국사

붉은 치마를 두른 것처럼 단풍이 요란하다는 적상산(赤裳山), 비가 내리다 그치기를 반복하는 한여름에 오른다. 물안개가 산자락을 휘감고 있어 숲은 신비로움으로 가득하다. 마음이 이토록 평온한 것을 보니 불이문은 벌써 지나쳤는지도 모른다.

크기를 가늠할 수 없는 양수발전소 댐을 지나도 산은 좀처럼 제 모습을 드러내지 않는다. 한참을 올라서야 안국사(安國寺) 일주문을 만났지만 해발 1000m의 고지대라는 게 실감나지 않는다. 금산사의 말사인 안국사는 충렬왕 3년(1277년)에 월인 화상이 창건하였다는 설과 조선 태조 때 무학대사가 복지(卜地)인 적상산에 성을 쌓고 절을 지었다는 설이 있다. 그 뒤 광해군 6년(1614년)에는 조선왕조실록 봉안을 위한 적상산 사고를 설치하려고 절을 증축하여 사고를 지키는 수직승의 기도처로 삼았다.

그 뒤 영조 47년(1771년)에 법당을 다시 지어 나라를 평안하게 해주는 사찰이라는 뜻으로 안국사라 부르기 시작했으며 1910년 적상산 사고가 폐지될 때까지 호국의 도량 역할을 해왔다. 1989년 적상산에 무주 양수발전소 건립이 결정되자 안국사가 수몰지구로 편입되어 옛날 호국사(護國寺)가 있던 현재의 자리로 옮겼다고 한다.

긴 계단을 올라 청하루를 지나자 제 모습을 드러내는 안국사는 뜻밖에 소박하다. 정면 3칸, 측면 3칸의 맞배지붕 극락전이 법당 문을 활짝 열고 불자를 맞느라 여념이 없고, 큰 사찰에서나 볼 수 있는 성보박물관과 그 위로 선원록을 봉안했던 적상산 사고 건축물인 천불전이 절의 품격을 더해 준다.

나는 법당이 조용해지기를 기다리며 학이 단청을 하였다는 설화를 찾아 극락전을 돌아본다. 극락전을 지은 스님이 단청불사를 고심할 때, 하얀 도포를 입은 범상치 않은 노인이 나타나 단청을 해주겠다고 한다. 단청을 하는 백 일 동안 절대 들여다보지 말기를 당부했지만, 스님은 99일째 되던 날 호기심을 참지 못하고 막 안을 들여다본다. 그 때 노인은 보이지 않고 학이 입에 붓을 물고 단청을 하다 낌새를 채고 날아가 버렸다는 이야기이다.

내소사의 대웅보전 단청 설화와 흡사하여 신선함은 떨어지지만 극락전 뒤편 한쪽에는 하루 분량의 목재가 그대로 남아 있어 신비감을 실어준다. 재미로 그치던 설화가 오늘따라 묵직한 가르침으로 다가온다. 동서양을 가리지 않고 인간의 호기심을 경계하는 숱한 신화들도 생각난다.

불경의 육바라밀 중에는 인욕바라밀이라는 것이 있다. 아무리 힘들어도 마음을 움직이지 않으며 참고 견디는 수행을 말한다. 바라밀은 열반에 이르고자 하는 보살의 수행법으로, 생사의 괴로움에서 벗어나 번뇌와 고통이 없는 피안의 세계로 건너간다는 뜻이다.

보다 나은 인격을 갖추기 위해 팔정도(八正道)의 가르침을 마음에 새기고 다니지만 제대로 실천하지 못해 반성할 때가 많다. 몸을 절제하고 말을 삼가는 일조차 쉽지 않은데 육바라밀은 개인의 인격 완성 단계를 넘어 이타(利他)를 향한 덕목이라 더욱 힘들 수밖에 없다. 대상에 대한 집착을 놓

200

아 버리고 마음을 비워내면 자연히 인욕이 된다고 하지만, 바른 지혜와 바른 알아차림으로 참된 인욕바라밀을 실천하기는 결코 쉽지 않을 것이다.

지장전 앞에서 사람들이 수런거린다. 가까이 가보니 풀밭 위에 커다란 뱀 한 마리가 가부좌를 한 듯 적당히 몸을 접은 채 이쪽을 바라보고 있다. 구경꾼들에게서 흘러나오는 혐오스런 눈빛들을 묵묵히 감내하며 참선이라도 하는지 꿈쩍도 하지 않는다. 사람과 뱀 사이에 묘한 기류가 흐른다.

누군가 이 절에서 가끔 보았노라며 절 지킴이라고 말하자 그제야 하나둘씩 자리를 뜬다. 나는 한동안 그 자리에 붙박여 뱀의 눈빛을 바라본다. 어쩌면 우리는 서로를 지켜보며 연민의 눈빛을 보냈는지도 모른다. 그와 나의 정체조차 묘연해지는 순간이다. 는개를 맞으면서도 뱀은 자리를 뜨지 않는다. 스피커에서 흘러나오는 염불 소리만 경내를 적시고 또 적신다.

바깥에 나와 있는 철불.

운무 가득한 안국사와 풍경.

사람들이 빠져나간 조용한 극락전에서 뒤늦게 백팔배를 한다. 법당 안에는 영조 4년(1728년)에 기우제를 지낼 때 조성한 보물 제1267호인 괘불이 사진에 담겨 있지만 아무런 감흥이 일지 않는다. 동쪽으로 괘불함이 드나들 수 있는 앙증맞은 문 하나가 눈에 띈다. 마치 세상을 빠져나가는 마지막 문을 연상시킨다. 오직 저 문이 아니면 세상의 빛을 볼 수 없는, 생명의 문처럼 특별해 보인다. 그동안 법당 문을 여닫는데 마음을 모으느라, 있어도 보이지 않던 문이었다.

내 안에 존재하는 틀도 보인다. 그것은 안국사 돌 축대와도 비교할 수 없는 견고하고 무서운, 나의 의식과 에고가 빚어낸 프레임이다. 어떤 집착이나 사심 없이 대상을 대하려면 알에서 깨어나야 한다. 조금 전 보았던 뱀의 눈빛이 떠오르고 신비주의적인 진리를 상징하는 아프락사스도 생각난다. 그토록 몸을 오싹거리며 혐오하던 뱀도 상처가 생기거나 더 큰 성장을 위해서는 허물을 벗을 줄 안다.

학문의 길은 쌓고 또 쌓아야 의미가 있지만, 진리의 길은 버리고 또 버리며 비우고 또 비워야 한다고 했다. 노자의 말이다. 나이가 들수록 아상이라는 미혹한 옷 하나 벗을 줄 아는 지혜가 그리운 날이다.

평온함이 숨기고 있는 것들

경주 도덕암

도덕암(道德庵)은 해발 702m밖에 되지 않는 도덕산 안에 숨어 있다. 옥산서원과 독락당을 지나 비포장길을 달릴 때도 나는 참나무숲에 일렁이는 바람을 노래할 정도로 여유로웠다. 다시 차가 포장길을 달릴 무렵, 소형차는 진입을 금한다는 안내문이 막아선다. 사륜구동이 아닌 차로 오를 수 있을지 잠시 막막하다.

걸어서 오를 시간적인 여유가 없어 용기를 내기로 했다. 가파른 급경사를 몇 구비 꺾을 동안에도 절은 보이지 않고 식은땀만 흐른다. 수많은 산사를 찾아다녔지만 이토록 험난한 오르막길은 처음이다. 내려오는 차라도 마주치면 난감하다. 담력 테스트를 하듯 진땀을 빼며 아슬아슬 도덕산을 오른다.

드디어 절벽 위에 암자가 보인다. 산그늘에 싸인 오후의 절은 평온하다. 보이는 것이라고는 첩첩산중, 푸른 생명의 기운만 가득하다. 결코 외롭지 않은 한가로움들, 폭우와 폭염으로 이어졌던 여름의 끝자락이 보인다. 새소리조차 들리지 않는다. 암자는 고립이 주는 절경을 홀로 누리고 있었다.

도덕산은 신라 선덕여왕이 찾아왔다 하여 두득(덕)산으로 불리다가 조선 중기 회재 이언적에 의해 도덕산으로 바뀐다. 도덕암 역시 정혜사의 부

내려오면서 바라본 도덕암.

속암자로 신라 경덕왕(742년~765년)에 창건된 천년고찰이다. 국보 제40호 정혜사지 13층 석탑을 보면 정혜사는 꽤 큰 사찰인 것 같다. 12개의 부속암자 중 유일하게 남아 있는 도덕암, 창건 당시에는 다른 이름이었지만 이언적이 도덕산이라 고쳐 부른 후 도덕암으로 불렸을 것으로 추정한다.

이토록 가파른 곳에서 명맥을 유지해온 암자가 대견하다. 불자들의 정성 어린 불심보다 좌선을 위한 몇몇 스님들의 수행처로 이용되었을 가능성이 높다. 예나 지금이나 쉽게 들락거릴 수 있는 암자는 아닌 듯하다. 산문도 없이 절은 어떤 격식이나 형식도 거부하며 자유로워 보인다. 오로지 소박함만을 성찰한다.

작은 대웅전과 요사채, 그 뒤로 낡은 공양간도 보이지만 문은 굳게 닫혀 있다. 흔한 석탑 대신 꽃 진 수국 하나 쓸쓸히 대웅전을 지킨다. 스님은 출타 중인 듯하다. 마당에는 키 작은 풀들이 자라고 등받이 없는 나무 벤치 두 개와 네 개의 플라스틱 의자가 일렬로 앉아 그 쓰임을 기다리고 있다. 오랫동안 앉지 않은 의자의 눈빛에서 간간이 외로움이 잡힌다.

가진 것이 많지 않은 암자, 산그림자도 무료해 성큼성큼 산 아래로 내려가고 작은 감나무 한 그루가 절을 지킨다. 암자는 한없이 몸이 가벼운데 나는 가진 것이 많아 이것저것 생각이 많다. 마당 끝에 서보지만 시선은 더 이상 산을 넘지 못한다. 멀리 몇 개의 고압선 철탑이 보일 뿐 문명의 이기는 한참이나 돌아 앉아 있다. 묵은 티끌들이 쓸려 나가고 몸과 마음이 고요해져 온다.

이곳에서는 모든 존재가 크게 보인다. 뒤늦게 대웅전 법당을 지키는 부처님이 떠오른다. 작은 법당 안의 석가모니 삼존불은 도덕암 풍경보다 더 쓸쓸하다. 낡은 비닐 장판 위에서 좌복 없이 삼배를 드린다. 허리 통증 때문에 스스로 세운 백팔배의 약속을 지키지 못해 씁쓸한데, 가난한 절의 부처님이 큰 품으로 안아 주신다.

법당 문을 죄다 열어놓고 하염없이 앉아 있고 싶다. 겹겹이 펼쳐진 숲과 허공 속에 마음을 얹고 싶다. 주인 없는 빈 절이 가만히 나를 응시한다. 아쉬운 마음으로 법당 문을 닫는다. 법정 스님이 손수 만든 빠삐용이란 이름을 가진 작은 나무의자가 생각난다. 책에서 만났던 빠삐용은 불일암을 찾았을 때, 묵직한 기도가 되어 주인을 기다리고 있었다.

이곳에도 그런 소박한 나무의자 하나 있으면 좋겠다. 떠오르는 아침 해를 바라보고 해거름 비탈길을 서둘러 내려가는 산그림자를 배웅할 수 있는 그런 특별한 의자. 그런 무욕의 사치를 즐기고 싶어 스님이 출타할 때를 기다려 나는 암자를 들락거릴지 모른다. 저 긴 벤치에 홀로 앉으면 왠지 더 쓸쓸해질 것만 같아 마음이 내키지 않는다.

목탁대사가 새벽 일출을 화두로 삼고 참선하여 득도했다는 산신각 쪽으로 향한다. 평평한 바위가 허공을 안고 새 주인을 기다린다. 산신각 앞으로 펼쳐지는 풍광 앞에서 좌선의 충동이 인다. 나는 잠시 바위 위에 가부좌를 하고 눈을 감는다. 그토록 평온하던 마음이 깊은 산중에 홀로 있음을 상기시킨다. 순식간에 무서움이 엄습한다.

난생처음 산신각에 들러 삼배까지 올리던 그 여유로움은 어디로 갔는가. 종잡을 수 없는 마음의 정체들과 헛기도로 이어지는 산사 순례, 모든 노력들이 재가 되어 허물어져도 좋다. 산그림자가 몸집을 부풀리며 돌아갈 시간을 알린다. 막 경내를 벗어나는데 차 한 대가 힘차게 올라온다. 출타 중이던 스님이 열린 창문으로 손을 흔들며 지나가신다.

어떤 스님인지 뵙지 않았지만 기분이 좋다. 도덕암이 버려진 암자가 아니라는 그 사실 하나만으로. 산속 깊은 암자를 홀로 지키는 일, 어쩌면 그 자체가 수행이다. 내려오는 길은 기분 탓인지 한결 쉬웠다. 옥산 저수지를 돌며 하산의 뿌듯함을 즐기는데 모기에 물려 여기저기가 가렵다. 그때서야 밝혀지는 도덕암의 숨은 진실 하나, 그것은 모기보다 더 독한 스님이 계신다는 점이다.

이 시간 모기 떼와 사투를 벌일 스님께 뒤늦게 합장한다.

저 자비롭게 나부는 꽃처럼

고령 반룡사

일주문은 길을 살짝 비켜나 높은 곳에 서 있다. 절을 드나드는 사람들과는 무관하게 먼 곳을 응시하는 눈빛에서 느껴지는 고독한 품격은 그 상징성만으로도 제 역할을 톡톡히 해낸다.

쉽게 일주문을 통과했지만 이내 단단한 철문이 더 이상의 진입을 허락하지 않는다. 코로나 바이러스로 장내 집회를 금한다는 하얀 안내문이 콜록거리며 반룡사(盤龍寺)를 보호한다. 경내는 공사 중인지 푸른 가림막이 쳐져 약간은 어수선하고, 인기척 없는 산중에 빗줄기만 뿌려댄다. 그냥 돌아서기에는 아쉬움이 남아 철문 아래로 몸을 굽혀 허락없이 경내로 들어선다.

반룡사는 동화사의 말사로 신라 애장왕 3년(802년) 해인사와 함께 창건된 절로 고려 중기에 보조국사가 중건하였고, 고려 공민왕 때 나옹선사가 다시 중건하였다. 대가야의 후손들이 신령스러운 용의 기운이 서려 있는 곳에 세웠다고 해서 반룡사라 이름 붙였다. 임진왜란의 병화로 소진된 것을 사명대사가 중건하였지만, 화재로 전소되어 1764년 영조 때 대웅전과 만세루를 1930년경 다시 중수하였으며, 1996년 대적광전을 건립하여 오늘에 이른다.

허락 없이 들어서는 사찰이라 발걸음이 조심스럽다. 미숭산 품은 더 없이 아늑하고, 그 안에 자리잡은 반룡사는 바깥에서 보던 것과는 달리 따뜻한 기운이 흐른다. 퇴락해 가는 천년고찰의 상실감 따위는 보이지 않는다. 가지런히 쌓아올린 담장과 잘 가꾸어진 나무들이 절의 품격을 한껏 높여 주고 있다.

커다란 굴참나무가 불이문을 대신하고 맞은편에는 잘 정돈된 승탑밭이 숙연하게 나를 돌아보게 한다. 크게 두 곳으로 나뉘어 배치된 당우들도 산

배롱꽃 뒤로 보이는 반룡사 전경.

만한 느낌이 들지 않는다. 대적광전 앞에는 일정한 거리를 두고 예불을 볼 수 있도록 검은 차양막이 쳐져 시대의 아픔을 호소하는데, 법당 뒤편 레이스빛 불두화들만 축제를 벌이듯 쓸쓸히도 탐스럽다.

굵어지는 빗줄기를 피해 대적광전 법당 문을 열고 들어선다. 손세정제와 방명록이 사천왕처럼 나를 점검하는 이색적인 풍경, 이 모든 것들에 익숙해져 가고 있는 현실이 가슴 아프다. 이름을 적고 백팔배를 시작하지만 마음이 편치 않다. 법당은 언제나 위험과 불안으로부터 나를 보호해 주던 가장 안온한 공간이었다. 아무도 없는 법당에서 기도할 때면 저절로 감사함으로 행복해지곤 했다.

그런데 오늘은 텅 빈 법당에서 올리는 백팔배가 부끄럽다. 잔인했던 태풍의 상흔과 도무지 물러날 기미를 보이지 않는 코로나 바이러스로 사회는 의기소침한데, 나는 그들의 아픔을 방관하지는 않았는지, 위기 앞에서 나를 동여매느라 타인과 사회로부터 돌아앉아 있지는 않았는지 점검해 본다.

궂은 날씨에도 몸은 가볍다. 가뿐히 백팔배를 끝내고 가부좌를 하고 비로자나불을 올려다본다. 만물의 창조주인 비로자나불의 미소에는 견고한 침묵만 흐를 뿐 말이 없다. 부드러움과 힘이 공존하는 목조비로자나삼존불상은 경북 유형문화재로 17세기를 대표하는 조각승 혜희(慧熙)의 작품이다. 여느 불상과는 다른 묵직함이 마음을 사로잡는다.

영혼을 태워 불상을 탄생시켰을 조각승의 일생이 떠오른다. 오로지 한 곳을 향한 집념과 절절함으로 이루어졌을 모든 날들, 그의 삶에는 결코 흔들리지 않는 깊고 푸른 호수 하나 자리잡고 있었으리라. 서서히 제 모습을 드러낼 때마다 피그말리온의 조각상처럼 생명의 기운이 도는 부처님, 마침내 서로의 눈빛을 교환하는 순간의 감격과 희열을 무엇에 비하랴.

비로자나불의 엄숙하고도 잔잔한 미소에서 조각승의 얼굴이 보인다. 일상의 위기 앞에서 수많은 염원과 기도로 무릎을 꿇던 순간들도 있었으리. 생각지 않았던 역병과 수많은 자연재해들, 인류가 쌓아올린 질서는 한순간에 무너질 수도 있다. 그럴수록 우리는 좀더 겸허해지고 자숙의 시간을 가

지장전 오르는 돌계단.

져야 하리라. 오래도록 비로자나 부처님을 우러러본다.

부처님과 나 사이에 수많은 말씀들이 오고간다. 생명력이 느껴진다는 것은 세월과 정성이 빚어낸 아우라를 뜻한다. 예측조차 할 수 없는 불확실한 미래와 현실 앞에서 부처님은 꺼지지 않는 빛이 되어 존재한다. 나의 백팔배는 좀더 이웃의 아픔을 돌아볼 줄 아는 자비심으로 이어져야 함을 깨닫는다. 내 안에 맑은 기운이 솟아오른다. 법당을 나설 때는 바람은 멎고 빗줄기는 유순해졌다.

물기를 머금은 절은 한층 깊고 힘이 넘친다. 대단한 풍광을 자랑하지도 않고, 크지도 작지도 않으며, 특별히 눈길을 끄는 것도 없다. 하지만 눈길 닿는 곳마다 안정적인 맥박이 함께 한다. 세월의 무게가 느껴지는 소나무와 배롱나무는 조화롭게 서로를 보듬고, 적당한 높이의 돌축대에서는 반듯함이 읽혀진다. 욕심 없이 스스로를 다스리는, 중용의 아름다움을 갖춘 선비와 대화를 나누듯 나는 경내를 거닌다.

우측 산기슭에 자리잡은 약사전과 지장전을 둘러보는데 여성 불자 두 분이 우산을 쓰고 절을 빠져나간다. 어디에 있었던 걸까? 이야기를 나누며 내려가는 발걸음에 부처님이 보인다. 이끼 낀 돌축대는 여전히 좌선 중이고, 넓은 파초잎 위로 떨어지는 빗소리가 염불을 외며 그들을 배웅한다.

나도 철 늦은 꽃들이 시간을 품은 채 나투시는 모습을 그윽이 바라보며 산문을 나선다.

나비의 날갯짓처럼

양산 미타암

누군가 내게 안부를 물어온다. 제풀에 지쳐 저절로 소멸하였거나 경계를 넘어 비상했으리라 여겼던, 한동안 잊고 있었던 나였다. 폭풍 전야의 고요함이 푸른 눈이 되어 내안에서 깜빡인다. 팽팽한 긴장 사이로 설렘이 파고든다. 그것은 살아 있다는 신호이다.

미타암(彌陀庵) 가는 길은 인적이 끊겨 한산하다. 원인을 알 수 없는 떨림들, 묵은 체증과도 같은 미세한 날갯짓을 지켜보며 묵묵히 산길을 오른다. 놓쳐 버린 몇 년간의 세월은 바람 같았다. 나는 잠시 죽어 있었는지 모른다.

무언가를 애타게 갈구하거나 막연한 불안감으로 떨지 않았으며, 녹이 슬 만큼 진부한 상념 따위도 없었다. 유행에 민감한 옷을 찾아 미로 같은 시장 골목을 누비다 난전에 앉아 국수 한 그릇을 배불리 말아 먹던 흡족함, 대중 가수의 농밀한 목소리에 내 사랑을 덤으로 팔던 우수의 순간들조차, 온갖 소음으로부터 돌아앉아 있었다. 더 이상 저항할 수 없는 가벼움만 존재하던 나날들이었다.

미타암은 신라 초기 원효대사가 창건한 유서 깊은 절이다. 깎아지른 절벽 위 굴법당에는 아미타여래입상이 천년 세월을 오직 한 곳만 응시하고

미타암 가는 길.

있다. 숨을 고르며 아미타 부처님의 눈길을 따라가 보면 나무들이 일제히 파도소리를 내며 동해로 달려가고 미타암 염불 소리도 그 푸른 물결을 좇아 한없이 너른 대양을 헤엄친다. 어쩌면 동해는 이곳에 뿌리를 내린 채 스스로 커 가는지 모른다.

뒤늦은 나이에 출가한 운천 스님을 만났다. 스님은 도자기를 빚던 예술인이다. 개구쟁이 소년과도 같은 맑은 눈빛에서 나는 소음 속에 두고 온 스님의 그림자를 더듬는다. 채 사르지 못한 예술혼이 빈 절간을 지키는 석전처럼 쓸쓸하다. 적당한 말을 찾지 못해 나는 의미도 없는 말들을 마구 쏟아 놓는다.

여기는 양산, 저기는 울산, 스님의 손가락 끝에서 아파트 무리들이 눈을 뜬다. 더 이상 산을 넘지 못하고 무리지어 세를 형성한 지친 열기들, 문명을 자랑하고 존엄성을 외치며 살아가는 그들만의 억척스런 생존법이 왠지 모르게 안쓰럽다. 크고 작은 건물들은 무심한 돌탑이 되어 멀어지다 이내 안온한 부처님이 되어 손짓한다.

굴법당에 앉아 명상에 잠겨도 보고, 어둠을 휘감은 동해를 한없이 바라보다 잠자리에 들었다. 미열처럼 물러서지 않고 엄습하는 열망의 정체는 무엇일까? 제대로 나를 보려면 나를 벗어나야 한다. 그런데도 내 안에 침몰되어 방향 잃은 풍경처럼 밤새 뒤척인다.

짙은 안개에 싸인 새벽, 미타암은 천상의 섬이 되어 명상 중이다. 운천 스님의 경 읽는 소리에 한 무리의 까마귀들이 이쪽 벼랑에서 저쪽 숲으로 열을 지어 울며 날아간다.

"아제아제 바라아제 바라승아제 모지 사바하"

"까악까악 깍깍"

새들이 지나가는 허공에도, 짐승들이 깃든 숲에도, 소박한 기도가 공명으로 남아 함께 자랄 것만 같다. 내 안에서 팔락이던 날갯짓도 한결 평온해졌다. 아득한 절벽 아래 고단한 아파트 숲까지 미타암의 염불 소리가 전해졌으면 좋겠다.

절은 아침이 올 때까지 고독한 섬이 되어 말이 없다. 여느 주지 스님의 방과는 분위기가 다른, 작고 소박한 운천 스님의 방에서 차를 마신다. 스님의 작품이 궁금하다. 쓰던 다기(茶器)조차 모두 버리고 출가했다는 말씀 앞에서 할 말을 잃는다. 무언가를 얻기 위해 버려진 애착들을 생각하며 나는 자꾸 왜소해진다.

칼날 같은 경계에 서서 예술혼을 태웠을 그의 서러운 진통들도 보인다. 나는 제대로 아파하며 나를 불살라 본 적이 있던가. 비루한 격의와 체면들, 그 허접한 것들에 묶여 얼마나 불필요한 에너지를 소모했던가. 어쩌면 그는 여전히 예술과 선(禪)의 경계 사이를 서성이고 있을지 모른다. 그러면 어떠랴? 아프면서 피운 꽃은 더 향기롭고 그윽하지 않은가.

고요하고 묵직한, 조금은 어설퍼도 날기 위한 몸부림은 아름답다. 아침 안개를 벗고 훤한 이마로 나를 배웅해 준 대웅전이나 행자 스님의 야윈 발걸음보다 나를 돌아보게 만든 건 굴법당 가는 길목에서 만난 한 마리 나비였다. 하얀 다알리아 꽃 위에 앉아 날개를 말리느라 꼼짝도 않던 모습에서 억겁의 시간을 보았다. 작은 날개가 묵직한 진언이 되어 따라온다.

삶은 저마다의 모양대로 펼쳐진다. 힘찬 날갯짓 뒤에는 더 높이 날기 위한 멈춤이 있다. 깊고 높은 세계로 향하는 몸짓은 결코 요란하거나 현란하지 않다. 몸을 말리던 나비가 꽃향기에 취해 영영 나는 법을 잊지 않기를 바라며 산길을 내려온다.

미타암 굴법당에서 내려다본 밤 풍경.

언젠가 나비가 가볍게 날아오를 때 스님도 경계를 허물고 하나의 말씀이 되어 우리 곁에 머물지 모른다. 너무나 익숙해서, 마치 생래적인 기운 같은 특별한 조우였다. 스스로를 저버리지 않은 나의 지친 영혼을 이제는 제대로 영접해야 할 시간이다. 나도 온 힘을 다해 날아 보고 싶다. 모든 것을 버리고 가볍게 아주 가볍게 한 번쯤 날아 보고 싶다.

소박함이 주는 그 편안함
대구 팔공산 염불암

가을이 오고 있다. 폭염과 폭우를 피해 산사를 찾아다니던 지난하던 여름은 잊고, 어느덧 새로운 계절 앞에서 나는 또 설렌다. 풍요와 감사함으로 물결치는 계절이다. 매표소를 지나 동화사 산내 암자들이 모여 있는 길로 접어들자 울창한 숲 그늘이 이어진다. 휴일 뒤의 숲은 지친 기색도 없이 평온하다. 잘 닦여진 길조차 서로를 포용하며 숲의 일부분이 되어 가고 있다.

부도암을 지나자 숲은 더욱 고요하다. 가끔씩 배낭을 메고 도토리를 줍는 사람들과 마주친다. 시끌벅적한 말소리와 배가 터질 듯 불룩한 배낭이 자꾸만 눈에 거슬린다. 그들이 누리는 수확의 즐거움이 내 눈에는 다람쥐의 먹잇감을 뺏는 탐욕으로 비쳐져 씁쓸하다. 나는 묵묵히 산길을 오르고 그들은 더 큰 만족감을 얻기 위해 숲을 헤치며 사라진다.

인드라망의 그물 같은 인연과 관계 속에 존재하는 삶, 그들이 주운 도토리는 어떤 통로를 거쳐 내 입을 즐겁게 할지 모른다. 하지만 지나침은 부족함보다 못하다 했던가. 누군가에게는 채우지 못해 안달하는 삶이 또 누군가에게는 비우지 못해 괴로운 게 인생이다. 아름다운 소유, 그것은 인간이 풀어야 할 영원한 숙제이며 딜레마이다.

숲은 도토리 줍는 사람들로 떠들썩하다 다시 조용해지기를 반복한다. 그

극락전과 청석탑 그리고 마애불좌상.

래도 가을햇살이 비쳐드는 숲은 그 자체만으로 자비롭다. 천천히 걷는 발걸음 사이로 번뇌는 사라지고 진정한 자유가 물결친다. 몸과 마음이 한없이 가볍다. 이 평정심과도 같은 마음, 아라한의 상태가 이와 같지 않을까?

염불암(念佛庵)은 좀체 모습을 드러내지 않는다. 경순왕 2년(928년)에 영조선사가 창건한 염불암은 동화사 부속암자이다. 고려 중기에 보조국사가 중창한 후 여러 차례 중창을 거쳐 지금에 이른다는데 나는 초행길이다. 다리가 아파오자 수없이 떨어진 도토리들이 사랑스럽게 눈에 들어온다. 가던 길을 멈추고 도토리를 줍는다. 이내 주머니가 가득하다. 해찰하는 즐거움에 빠져 있을 때 산 위에서 차 한 대가 내려오다 멈춘다.

"내가 주우려고 봐둔 도토린데 다 주워 가면 안 돼요."

창문을 열고 농담처럼 건네는 스님의 미소에 얼굴이 화끈거린다. 탐욕에 눈 먼 몰지각한 사람으로 비쳐진 건 아닐까. 그런데도 사람을 무안케 하지 않는 스님의 너그럽고 재치 있는 화술이 고맙고 향기가 되어 머문다. 산 아래로 사라지는 차를 바라보며 뒤늦게 염불암 스님일지도 모른다는 생각이 스친다.

토토리를 줍고 버리기를 반복하는 사이 염불암이 보인다. 암자는 가을햇살 속에서 눈이 부시도록 환하다. 팔공산 암자 중 가장 높은 곳에 자리한 절, 돌계단을 오르는 동안 낮은 감탄사가 자꾸만 터져 나온다. 역사의 깊이가 느껴지는, 소박하면서도 정겨운 사찰이다.

인적 없는 경내에는 약수 떨어지는 소리만 가득하다. 작은 극락전은 단청이 벗겨져 고졸미가 흐르고, 그 뒤쪽에는 대구 유형문화재로 지정된 마애여래좌상과 보살좌상이 새겨진 커다란 자연석이 두 눈을 사로잡는다. 한 승려가 바위에 불상을 새길 것을 발원하자 안개가 7일 동안이나 낀다. 그

후 바위 양쪽에 불상이 새겨져 있었는데 그것은 문수보살이 조각하였다는 전설이 전해진다. 또한 불상이 새겨진 바위에서 염불 소리가 들려 염불암이라 이름 붙였다고 한다.

마당을 서성이며 암자의 풍경을 마음에 담는다. 극락 전 앞에는 보조국사가 쌓았다는 청석탑이 유리보호막 안에 애처로이 서 있다. 세월의 흔적은 마음을 여미게 하는 힘을 가지고 있다. 극락전 법당으로 들어서는데 마룻바닥이 삐걱이며 고통을 호소한다. 세월의 무게조차 기도가 되어 숙연해지는 순간이다. 수많은 불자들의 염원이 실렸을 마룻바닥 위에 내 작은 기도도 더해진다.

손때 묻은 카펫에서 어느 불자의 노고와 정성이 보인다. 이곳에서는 평범하고 작은 것들이 더 마음을 끈다. 오늘은 우리의 기억에서 사라져가는 것을 위해 기도하리라 마음 먹고 백팔배를 하는데 허리통증이 느껴지지 않는다. 신기하다. 합장을 할 때까지만 해도 불편했는데, 이런 것을 두고 부처님의 가피라고 하는 것일까?

마당 한켠에 한 됫박 정도의 도토리가 수행하듯 몸을 말리고 있다. 농담처럼 던지던 스님의 말씀이 떠올라 가슴이 훈훈해진다. 포행 중에 틈틈이 주워 모은 듯하다. 도토리묵을 좋아하는 스님과 왠지 잘 어울리는 염불암이다. 탱글탱글하게 쑤어진 도토리묵이 공양으로 올려질 걸 생각하니 더 정감이 간다.

다람쥐와 도토리를 나눠 먹는 염불암의 소박한 살림, 지나침이 없는 소유는 보는 이를 겸허하게 만든다. 그 소박함 속에는 염불암의 오랜 기도와 여유로움이 서려 있다. 처음 와보는 절이지만 포근하고 신뢰감이 간다. 작은 도토리가 나를 염불암으로 이어 준 것인지도 모른다.

염불암 옆 동봉으로 가는 등산로는 휴면 기간이다. 자연도 인간도 쉬는 시간이 필요하다. 몇 차례의 태풍과 자연재해로 마음을 졸이고 있는 지구촌, 그런데도 삶의 방식은 바뀔 줄을 모른다. 우리는 좀더 천천히 갈 수 없을까?

이 가을에는 소유욕에 물든 일상에서 벗어나 진정한 풍요로움을 느끼고 싶다. 특유의 떫은맛이 감도는 도토리묵 같은, 그런 소박한 즐거움을 꿈꾼다.

부동(不動)의 바다가 그리운 날
창녕 관룡사

가을이면 억새밭이 장관인 화왕산, 그 어디쯤에 관룡사(觀龍寺)라는 사찰이 있다. 절은 정확히 화왕산 동쪽, 창녕의 금강산이라 불릴 만큼 수려한 경관을 자랑하는 관룡산 품에 안겨 있다.

옥천 저수지를 지나고 큰 벚나무 우거진 산길을 오르면 주차된 차들로 인기를 실감하게 된다. 가을이면 오르내리는 차들과 하산하는 사람들로 마음 비우는 과정을 생략한 채 관룡사를 맞아야 한다는 게 유일한 흠이다.

작은 주차장 맞은편에 경내로 이어지는 돌계단이 있지만 사람들은 잘 닦여진 큰길을 따라 오르내린다. 돌계단 위에는 문 없는 돌담 출구 홀로 혼잡함에서 벗어나 소박한 자태로 서 있다. 붉은 꽃무릇이 절정인, 이 운치 있는 산문이 일주문을 대신하는 것일까. 서서히 출구가 드러나면서 나는 관룡사를 사랑할 것 같은 예감에 사로잡히고 말았다.

낯설지 않은 속삭임들이 서성이는 대나무 숲길, 그 끝에는 꽃무릇이 환하게 햇살에 타오르고 있다. 저곳이 극락정토가 아니라면 무엇이랴. 더 이상 등산객들의 소란함도 들리지 않는다. 나는 오로지 길에 빠져 미지의 세계에 대한 두근거림으로 발걸음을 옮길 뿐이다.

하지만 길은 경내가 아닌 또 다른 주차장과 화장실이 있는 절 바깥으로 이어져 있었다. 관룡사의 주된 진입로인 듯한 어수선한 공간 앞에 섰을 때야 걸어온 길을 감사한 마음으로 돌아볼 수 있었다. 등산복을 입은 사람들 사이에 섞여 오색연등이 터널을 이루는 계단길을 올라 천왕문으로 들어선다.

관룡사는 신라 진평왕 5년(583년) 증법국사가 창건한 절이다. 신라 8대 사찰의 하나로 이름을 떨쳤으며, 원효대사가 제자 1천여 명을 데리고 화엄경을 설법한 곳이라고 한다. 증법국사가 절을 지을 때 화왕산 위에 있는 세

대나무숲과 꽃무릇이 이어지는 산문.

개 연못에서 아홉 마리 용이 승천하는 것을 보고 관룡사라 이름 지었다고 한다.

적당한 크기의 전각들이 관룡산을 배경으로 흐트러짐 없이 조화롭다. 절의 기운은 깊고 안정적이며 대충 둘러보기에는 아쉬울 만큼 정감이 가는 사찰이다. 뒷산의 웅장한 바위 절벽과 절을 둘러싼 노송들, 짜임새 있게 배치된 전각과 이름표를 단 국화분 시주들, 절은 가을의 기도로 충만하다.

웅장하지 않으면서 연륜 깊고 내실 있어 보이는 아름다운 절이다. 관광지 느낌이 강하게 풍기는 큰 사찰과 달리 안온한 정겨움이 흐른다. 사람 많은 대웅전을 피해 원음각 측면에 있는 약사전부터 향한다. 작은 전각에 어울리는 고려 양식의 아담한 삼층석탑이 국화분에 둘러싸여 약사전을 지키고 있다. 보물 제146호 약사전은 관룡사에서 가장 오래된 건물이며 법당 안에 모셔진 석조여래좌상도 보물 제519호이다.

법당 안에서 나올 줄 모르는 불자 한 분의 기도가 참으로 절절해 보인다. 약사전의 기도는 마음이 쓰이는 법이라 나도 바깥에서 합장만 한 후 대웅전으로 향한다. 결 고운 가을햇살이 배를 깔고 누운 대웅전 뜰과 앞마당에는 국화꽃들이 때를 기다리고 있다. 국화꽃이 일제히 개화를 하면 관룡사의 가을은 절정에 이를 것이다.

보물 제212호인 대웅전 안에도 보물 제1730호 목조석가여래삼불좌상과 보물 제1816호 관음보살 벽화가 봉안되어 있다는데 법당은 내부 수리 중이다. 지그시 아래로 눈을 내리뜬 삼존불이 제자리를 잃고 측면에 앉아 계신다. 참배자들이 많아 나는 법당 문 밖에서 작품 대하듯 부처님을 감상한다. 여느 부처님보다 더 과묵해 보이는 부처님 때문인지 절은 많은 보물과 사람들 속에서도 들뜸 없이 침착하다.

보물 제212호 대웅전.

    남편과 나는 응진전에서 백팔배를 시작한다. 하나뿐인 좌복을 남편이 내게 양보한 탓에, 딱딱한 마룻바닥에 스칠 남편의 무릎이 자꾸만 신경 쓰인다. 때문에 정성들여 백팔배를 올리는 남편의 모습이 유난히 애틋하고 시리다. 하지만 백팔배를 하고 나면 촉촉이 가슴 젖을 수 있는 것도 모두 부처님의 공덕이다.

    우리는 서둘러 용선대로 향한다. 전망 좋은 바위, 연꽃 모양의 대좌 위에 보물 제295호 석조여래좌상이 동쪽을 바라보고 계신다. 이곳에서도 어느 불자의 낮은 기도가 오래도록 이어지고 있었다. 부처님의 시선 어느 즈음에, 소나무숲에 싸인 관룡사가 보인다. 용선대 여래좌상이 절을 지켜 주는, 든든하고 평화로운 보금자리임이 드러난다.

    잠시 나무 그늘에 앉아 휴식을 취한다. 한 잔의 커피를 마시며 절경에 취해 있는 내 눈에 명상 중인 부부가 보인다. 남쪽으로 난 바위 절벽 위에서 두 눈을 감고 좌선 중이다. 당당히 햇살에 얼굴을 노출한 채 명상에 잠긴 두 사람의 모습이 서늘하도록 아름답다. 우주의 근원, 참된 자아를 찾고 있는 구릿빛 얼굴에는 쉽게 접근할 수 없는 그들만의 굳건한 의지가 어려 있다.

서둘러 내려오는 발걸음에 무언가 허전함이 실린다. 척추를 꼿꼿이 세우고 좌선 중인 그들의 모습이 지워지지 않고 함께 걷는다. 일상의 소소한 행복에서 맛볼 수 없는 깊고 은밀한 수행의 기쁨을 나누는 부부, 얼핏 약사전의 여래좌상을 닮은 것도 같다.

어둠 속에서도 목이 마르지 않는 지혜의 바다가 그리 멀지 않은 곳에서 손짓을 한다. 나는 다만 용기를 내지 못하거나 그 언저리를 서성대다 돌아서기를 반복한다. 부동의 자세로 떠 있는 바다, 그 바다가 그립다.

다시 미니멀 라이프를 꿈꾸며

문경 심원사

청화산과 속리산 사이 828m의 도장산 깊숙한 곳에 심원사(深源寺)가 있다. 쌍용구곡의 비경을 감상하며 절을 찾아가는 길은 거칠고 척박하다. 계곡 옆 작은 주차장에 두어 대의 차가 주차되어 있지만 산길은 한적하다. 발밑에서 돌멩이들이 부딪치는 소리와 가빠지는 나의 거친 숨소리만 들려온다.

심원사는 직지사 말사로 태종 무열왕 7년(660년) 원효대사가 창건하여 창건 당시에는 도장암(道藏庵)이라 하였다. 임진왜란 뒤 이 절의 연일이 유정을 도와 일본에 가서 포로들을 데려오는 공훈을 세워 선조 38년 나라로부터 부근 십 리 땅을 하사받았다. 영조 5년 낙빈대사가 옛 절터에 중창하면서 절 이름을 현재의 심원사로 고쳐 부른다. 1958년 건물이 전소되어 1964년 법당과 요사채를 세워 오늘에 이르지만 예전의 위용은 찾아볼 수 없으며 특별한 문화재도 전하지 않는다.

돌길에 익숙해져 갈 때쯤 서서히 숲의 속삭임이 들린다. 계곡 물소리도 들린다. 좁은 산길은 가을 공기로 가득하다. 발품을 팔지 않으면 당도할 수 없는, 오염되지 않은 절을 찾아가는 발걸음이 즐겁다. 쉽게 얻은 것일수록 쉽게 잊혀지게 마련이다. 변화의 물결 속에서도 묵묵히 자기만의 세계를 고집하는 산사의 가르침을 배우고 싶다.

미세한 숲의 소곤거림에 내 귀는 훨씬 예민해진다. 작은 폭포와 맑은 물, 나뭇잎 사이로 새어드는 바람, 숲을 의지하고 살아가는 생명체들의 작은 움직임이 만들어 가는 세상은 경이롭다. 그토록 반짝이던 나뭇잎은 어느새 윤기를 잃고 까칠하다. 머지않아 이 계절도 눈 깜짝할 사이 우리 곁을 떠날 것이다. 성급히 돌아서는 계절의 뒷목덜미를 바라보며 나는 진한 아쉬움을 달랠 수밖에 없으리.

저만큼 보이는 산문 앞에서 탄성을 지르고 말았다. 낮고 겸손해서 오히려 높아 보이는 문, 이토록 아름다운 일주문은 본 적이 없다. 가벼운 양철지붕과 작고 소박한 현판, 무명옷 두르고 사립문을 서성이던 잊혀진 애환과 정서가 녹아 흐르는, 저 문 기억들이 말없이 서 있다. 세파에 굴하지 않고 스스로를 지켜 온 산문이 뿌듯하도록 자랑스럽다.

작은 산문을 경계로 속세로 이어져 있던 길은 더 이상 나를 따르지 못한다. 적송 한 그루와 오동나무가 사천왕을 대신하고 주목이 울타리처럼 자라는 길을 따라 경내로 향한다. 이 길 위에서는 누구나 나무향이 날 것 같다. 살이 오른 물고기들이 떼를 지어 노닐고 있는 조그만 철재 다리, 그 극락교 너머에 심원사가 있다.

숲이 울리도록 진돗개가 짖어대며 나온다. 녀석의 심기를 불편하게 하고 싶지 않아 서둘러 대웅전으로 향한다. 크고 잘생긴 녀석의 눈에 나는 큰 불청객은 아니었나 보다. 이내 경계심을 푼다. 꼬리를 흔들며 법당 문 앞을 지키는 영리한 녀석에게 마음을 빼앗기고 말았다.

단청을 하지 않은 대웅전, 석가모니 삼존불을 모신 수미단과 후불탱화, 어디에도 화려함을 탐하지 않았다. 법당 안은 단출하고 소박하다. 천장에

소박하면서도 운치 있는 산문.

달린 소원등도 많지 않다. 소박함이 나를 낮고 경건하게 만든다. 하지만 허리통증이 심해 앓는 소리를 내며 겨우 삼배를 마칠 수밖에 없다.

풍족해 보이지 않지만 결핍이라고는 느껴지지 않는, 맑은 기운이 일렁이는 심원사의 가을은 온전한 소박미로 눈부시다. 가지런한 장독대에서는 여성스러운 정갈함이 배어 있다. 비구니 스님이 행주치마에 손을 닦으며 나오실 것만 같다. 요사채 뒤편 허름한 건물에서 그릇 부딪치는 소리가 주인이 있음을 알린다.

잘 자란 산수국과 돌배나무가 대웅전을 지키고, 흔하디흔한 풀꽃들이 이곳에서는 더 사랑스럽다. 요사채와 삼성각, 존재감을 드러내는 풀과 나무들의 눈빛을 읽을 수 있는 것도 고마운 일이다. 눈길 닿는 곳마다 고즈넉한

오래된 모과나무와 벤치.

자유와 따스함이 피어난다.

　대웅전 옆 빈터에는 빛바랜 연등 하나 모과나무 가지에 걸려 홀로 쓸쓸하다. 그 아래 시멘트 벽돌 위에 나무판을 얹어 만든 투박한 벤치가 허전하도록 시리다. 벤치에 앉아 있으면 모과나무 이파리가 툭툭 어깨를 치며 무뎌진 감성을 깨워 줄 것만 같다. 서리 오기 전에 모과를 거두는 밀짚모자 쓴 스님이나 시집을 읽으며 고독한 영혼을 달랠 누군가를 기다리는, 그 풍경조차 비어 있다.

　가을이 깊어지기 전에 모과나무는 빈 몸으로 서기 위해 묵상 중이다. 떨어진 나뭇잎을 밟는데 풍경소리가 대신 울어 준다. 이곳에는 외로운 것이 없다. 이 계절이 서늘하도록 아름다운 건 비움의 미학 때문이다. 단순하고 소박한 삶, 나도 몇 번이나 미니멀 라이프를 꿈꾸었다. 하지만 비워진 공간은 또 다시 물건들에 점령당하곤 했다. 영혼을 방치한 채 소유에 지쳐 가는 삶, 비우지 않고는 어떤 것도 품을 수 없다는 것을 안다.

　심원사의 묵언 같은 말씀 한 자락 품고 나오는데 운치 있는 별채가 보인다. '금장암'이란 현판을 내건 개집을 보고 뒤늦게 그의 이름을 불러 주었다. 금장이를 향한 스님의 애정이 곳곳에 묻어나는, 숨어 살 듯 고요함을 사랑하는 심원사는 독백 같은 절이다.

　산문을 나서는 내게 가을의 속삭임이 들린다. 그대, 이 가을엔 시집 한 권 들고 여행을 떠나라. 아름다운 계절일수록 걸음이 빠른 법이니 조용히, 그리고 아주 천천히 서둘러야 하리.

하루하루 경전을 읽듯

군위 오도암

하늘 정원을 향하는 길은 인파의 물결로 가득하다. 하늘은 흐리고 억새는 하얗게 부풀어 시리다. 청운대 절벽에 자리잡은 서당굴은 원효가 6년간 수도해 깨달음을 얻은 수도석굴이다. 접근조차 쉽지 않은 천인절벽에 어떻게 굴을 만들었는지 쉽게 의문이 풀리지 않는다. 팔공산의 천기가 서려 있어 한 시간만 앉아 있어도 정신이 맑아진다는 좌선대 이야기도 결코 빈말이 아닌 듯하다.

오도암(梧道庵)은 쏟아질 듯 가파른 나무계단을 끝없이 내려가야 한다. 툭 트인 경관이나 송신소의 탑들도 더 이상 보이지 않는다. 묵묵히 긴장을 놓치지 않고 아래로 아래로만 향한다. 오도암까지 714계단, 남은 거리가 줄어들수록 올라올 일에 대한 걱정이 무게를 더한다.

더 이상의 나무 계단은 보이지 않고 열려 있는 사립문 너머로 아이들의 떠드는 소리가 쏟아져 나온다. 당황스럽다. 거북이 형상의 나지막한 돌탑 뒤로 무릉도원처럼 숨어 있는 암자, 소박한 풍요로움이 보인다. 시끌벅적한 소리는 모조리 숲에 흡수되고 말지만, 어수선함 속으로 구겨넣듯 나를 밀어넣고 싶지가 않다. 산문 앞에서 조용해지기를 기다린다.

한 차례의 등산객과 아이들이 빠져나간 뒤 절은 조용해졌지만, 소란함

오도암 산문.

뒤에 찾아온 고요는 어딘지 어색하다. 지은 지 오래되지 않은 대웅전, 활짝 열린 법당 문 안으로 허리 꼿꼿한 어느 보살님의 뒷모습이 유난히 아름답다. 관음전 법당에도 경전을 읽고 있는 처사님이 보이고 스님은 아궁이에 불을 지피느라 정신이 없다.

언제 소란스러웠느냐는 듯 모두가 자기 일에 빠져 있다. 적송숲이 병풍처럼 둘러쳐져 있는 절 뒤로 청운대가 하늘을 떠받치듯 신비스럽다. 나는 티 없는 암자의 분위기에 매료되어 마당을 서성이고, 남편은 어느새 대웅전 법당에서 백팔배를 시작하고 있다.

오도암은 신라 무열왕 원년(654년) 원효대사가 창건했다. 1963년까지 폐사로 남아 있다 운부암 선원장 불산 스님의 원력으로 천년고찰의 역사를 다시 쓰게 되었다. 일타 스님이 썼다는 불인선원(佛印禪院) 현판이 토담벽에 걸려 무구한 그리움을 더한다. 부처로부터 직접 인가를 받은 곳이란 뜻

241

청운대 아래 숨어 있듯 앉아 있는 오도암.

이다.

선지식 일타 스님이 생전에 이곳에서 일주일만 살아 보고 죽는 것이 소원이라 했다는 오도암 마당을 나는 훌쩍 바람처럼 달려와 감격하고 있다. 모락모락 연기가 피어오르는 오도암의 언어 앞에서 잠시 시간이 멈춘다. 오늘은 삼배의 예만 갖추기로 했다. 자리를 뜰 줄 모르고 경전을 읽는 불자의 자태가 부처님보다 크게 다가온다. 오래 머물 수가 없어 조심스럽게 법당을 빠져나온다.

요사채 옆으로 난 오솔길을 따라 걷는다. 방하각이란 나무 정자를 지나자 숲속에 투박한 나무집 하나 홀로 쓸쓸하다. 내부가 보이지 않는 오두막은 스님의 수행 공간인 듯, 단호하면서도 고독하다. 문명사회에 반대하며 월든 호숫가에 독립적으로 살아가던 헨리 데이빗 소로우가 떠오른다. 자연에 대한 경이로움과 영적 자아를 발견하던 그의 오두막 풍경도 이보다는 풍족하지 않았을까.

'부처를 만나면 부처를 죽이고 조사를 만나면 조사를 죽여라'는 어록을 되새기며 깨달음을 구하는 스님을 위해 오두막도 좌선 중이다. 주체적인 삶을 위해 섬처럼 홀로 떠 있는 오두막, 멜랑콜리한 감성은 달아난 지 오래다. 잃어버린 여름이 떠오르고 묵직한 가을이 자꾸만 내 안으로 밀려들어 온다.

나는 마당가 통나무 벤치에 앉아 경전에 빠져 있는 두 불자의 모습을 지켜본다. 대웅전과 관음전에 떨어져 앉아 금강경을 읽고 있는 두 분은 아무래도 부부 같다. 같은 방향을 걷고 있는 삶의 자세가 그윽하다. 스님은 키 낮은 아궁이에 온몸 낮춰 불을 지피고, 뒤란에서는 차담을 나누는 도반들의 대화가 익어 가고 있다. 고요한 성실성이 암자를 밝힌다. 무심코 산문을

244

들어서는 등산객의 투박한 발걸음조차 평온하게 녹아든다.

　잠시 경전을 읽다 휴식을 취하러 나온 불자와 인사를 나누게 되었다. 선한 눈매와 차분한 말투, 그 안에 오래도록 쌓아올린 견고한 탑 하나 보인다. 휴일이면 오도암에 와서 경전을 읽으며 하루를 보낸다는 부부가 존경스럽다. 나와 크게 달라 보이지 않는 평범한 이의 낮고 조용한 발걸음에서 오는 울림은 크다. 대책없이 그 삶의 자세를 탐낸다.

　나조차 몰랐던 헛된 욕심에 붙들려 세월을 놓치고 있지는 않은지 돌아본다. 계절은 또 쓸쓸히 멀어져 갈 것이다. 운이 좋아 땔감을 가지러 산문을 나서는 스님과 마주친다. 환한 미소가 편안하다. 몸과 영혼이 건강해 보이는 석범 스님이다. 아이들이 떠드는 소리에 선뜻 들어서지 못한 나와 달리 그 소리가 들리지 않았다는 불자님과 아이들의 순수함이 좋지 않느냐고 반문하는 스님, 내 쪽으로 외로운 바람이 분다.

　휴일이라 등산객의 발길이 드문드문 이어지고 있다. 조용한 날 사시예불에 참석해 보기로 약속하며 산을 내려온다. 남편은 내려왔던 계단을 다시 올라가고, 나는 무명의 어둠에 갇혀 파닥거리는 스스로를 부축하며 산을 내려온다. 이 가을도 나를 기도하게 만든다.

　삶의 근간은 성실이다. 섣부른 열정에 기만당하고 싶지 않아 나는 몇 번이나 스스로에게 정직한지 되묻는다. 하지만 원효 구도의 길은 흔들림 없이 평온하다. 어떤 말도 하지 않고 침묵 속에 스스로를 맡긴 채 물들고 있었다.

내 삶에 의지와 모험을

영주 희방사

이른 아침 중앙고속도로는 안개로 자욱하고, 대형 전세버스들로 몸살을 앓았을 소백산 입구조차 한산하다. 붉게 물든 단풍과 상실의 눈물처럼 떨어지는 낙엽들, 소백산 가을잔치는 화려하고도 쓸쓸하다.

희방사(喜方寺)는 고운사의 말사로 신라 선덕여왕 12년(643년) 두운이 창건하였다. 1850년 화재로 소실되어 강월이 중창하였으나 6·25전쟁으로 네 채의 당우와 보관되어 오던 『월인석보』 판목 등이 소실되었다. 다행히 주존불은 무사하여 두운이 기거하던 천연동굴 속에 보관하다가 1953년 중건한 뒤 대웅전에 봉안하여 오늘에 이르고 있다.

희방사는 생각보다 작은 사찰이다. 보수 중인지 인부들이 자재를 옮기느라 경내는 분주하다. 일행은 여러 번 와본 절이라며 스치듯 등산로로 접어들고 나와 남편은 대웅전에 들러 삼배의 예를 갖춘다. 어수선한 절 분위기 때문인지 마음이 신산하다. 수런거리는 가을의 수다가 법당까지 흘러들어와 나를 유혹한다.

서둘러 법당을 빠져나오는 발걸음이 편하지가 않다. 절 기행과 등산, 두가지 목적을 이루기에 소백산은 결코 만만치 않은 상대다. 절 주변을 밝히는 단풍들과 시나브로 떨어지는 나뭇잎들이 자꾸 나를 돌아보게 한다. 슈

베르트의 세레나데를 들으며 붉은 슬픔이 차오르는 숲으로 흐느끼듯 걸어 들어간다.

가을 숲과 음악이 있어 행복하다. 하지만 계절에 대한 감탄도 잠시, 하늘은 멀미가 일 듯 단풍으로 출렁이고 산길은 점점 더 가파르다. 얼마 오르지 않아 아픈 다리와 거친 호흡으로 걸을 수가 없다. 산을 잘 타는 남편이 앞에서 잡아 주고 호흡법을 가르쳐 주며 격려하지만 몸은 등반에 대한 기억조차 가물거린다. 가슴이 죄어 오고 두통까지 몰려온다.

내 곁을 떠나지 못하는 남편과 기다리고 있을 일행이 점점 부담스럽다. 지켜보는 눈들이 산행을 더 힘들게 한다. 중간중간 이정표는 까마득히 남은 거리를 제시하며 낙오자 하나쯤 자랑스럽게 내걸고 싶어 하는 눈치다. 함부로 넘볼 수 없는 명산으로서의 존재감을 과시한다. 내 의지와 상관없이 무작정 산을 오른다. 시야에서 벗어난 일행을 쫓기 위해 산을 오르는 것도 같다.

지금이라도 희방사로 내려가 스님을 뵙고 느긋하게 시간을 보내는 게 낫지 않을까. 그토록 황홀하던 단풍도 눈에 들어오지 않고 나는 험난한 등산로 앞에서 괴로워하는 것이다. 무거운 짐을 싣고 사막을 달리는 낙타처럼 나 자신의 사막으로 달려가고 있다. 산을 오를수록 나를 잃을지 모른다는 불안감이 엄습한다.

벤치가 있는 나무 아래에서 더 이상 일어서지 못하고 주저앉고 말았다. 나를 위로하는 남편의 주름진 얼굴 위로 선득한 바람이 분다. 젖은 옷 속으로 스며드는 한기보다 더한 서글픔이 밀려든다. 가는 세월 앞에서 나는 무엇으로 위안 받기를 원하는가.

연화봉 정상에 설 기회는 다시 주어지지 않을지 모른다. 아름다운 시간

연화봉 오르는 산등성이에서 바라본 희방사

은 덧없이 짧고 머지않아 닥칠 겨울은 길고 건조하리라. 무엇이 두려워 주어진 시간과 젊음을 포기하려고 하는가. 비록 정상에 이르지 못하더라도 스스로를 극복하며 최선을 다하는 게 삶에 대한 예의라는 생각이 든다.

이른 점심을 챙겨 먹고 남편보다 먼저 폴대를 잡고 앞서 걷는다. 바닥을 보이던 체력은 놀랍게도 다시 힘이 난다. 일행을 따라잡아야 한다는 심리적 부담감과 언젠가 다녀온 비로봉의 힘든 노정이 나를 옥죄었던 것일까. 몇 번의 난코스를 힘겹게 오르자 나는 지친 낙타에서 한 마리 사자로 변하고 있었다.

육체적인 고통은 무감각해지고 길은 스승이 되어 나를 이끈다. 나와 길은 하나가 되기도 하고 때론 내가 길보다 앞서 걷기도 한다. 거친 장벽과도 같던 산은 다양한 즐거움을 안겨 주며 함께 걷는다. 고비를 극복하고 난 뒤에 안겨드는 희열이 좋다.

"많이 힘들지요?"

"힘내십시오."

마주치는 사람들이 건네 오는 격려에는 진심어린 온기가 담겨 있다. 정상을 밟고 내려오는 자들만이 누릴 수 있는 여유이며, 같은 아픔을 맛본 자들만이 나눌 수 있는 믿음과 위로이다.

연화봉은 아직 멀기만 한데 능선에서 바라본 희방사는 한참이나 아래에 있다. 절은 작지만 또렷한 상징물이 되어 나를 격려한다. 어수선하고 산만하던 절의 모습은 보이지 않고, 머리를 맞댄 당우들이 자기를 낮춘 채 소백산 품에 안겨 있다. 어떤 확고함으로 중심을 지키고 서 있다.

날이 밝기까지 고뇌하지 않은 어둠이 있을까. 묵묵히 이 길을 올랐을 사람들의 땀방울과 그들이 짊어졌을 무게를 생각한다. 고통의 밑바닥에서 쟁

가을 숲에 물든 지장전.

취한 자유는 더 깊고 클 수밖에 없다. 일행보다 한참 늦었지만 1,376m 연화
봉에 서는 순간 나는 더 이상 고독한 낙타가 아니었다. 의지와 모험을 추구
하며, 나 스스로를 극복해 나가는 한 마리 사자가 되어 있었다.

　내려오는 길에 들른 희방사는 그제야 속살을 드러내며 다가온다. 지장전
앞을 지키는 상록수는 흔들림이 없고 종소리가 은은하다는 동종도 함부로
울지 않았으며, 요사채 뜰 위에 검정고무신 한 컬레가 좌선하듯 사색에 잠
겨 있다.

이 가을, 마음을 헹구며

청도 북대암

북대암(北臺庵)을 처음 찾은 것은 수십 년 전 시를 쓰는 친구와 함께였었다. 고즈넉한 절간의 정취도 좋았지만 선한 미소로 반겨 주시던 치자향 닮은 스님의 모습을 잊을 수가 없다. 때마침 제를 지낸 뒤 우리 앞에 차려진 푸짐한 공양상과 친절함은 감동적이었다. 봄기운 가득한 북대암의 첫 이미지는 두고두고 나를 미소 짓게 했다.

북대암은 창건연대가 확실치 않고 창건자도 신승 혹은 보양국사라는 설이 전해진다. 네 개 암자 중 가장 먼저 세워졌으며 운문사 북쪽에 제비집처럼 높은 곳에 지어져 북대암이라 이름 붙였다고 한다.

우연찮게 오늘은 동화 작가와 함께 북대암을 찾아간다. 작가의 신도증으로 매표소 앞을 무사통과하는 것도, 전설 같은 옛 이야기를 들을 수 있는 것도 흔치 않은 행운이다. 일제 강점기 시절 송진 체취의 흔적을 고스란히 안고 있는 노송들, 그 상흔의 그림자를 밟으며 사색하던 길을 오늘은 문우들과 한껏 들떠서 지나간다.

어릴 적부터 어머니 손을 잡고 북대암을 오르내렸다는 동화작가가 그 옛날의 암자와 스님 이야기를 들려준다. 시간으로 다져진 인연은 무엇과도 비교할 수 없는 소중한 기억이다. 존경과 신뢰로 엮여진 오랜 인연을 부러

252

위하면서 나는 무엇을 가장 중요하게 여기며 살아왔는지 반문할 수밖에 없다.

사람들과 어울리는 것을 그다지 좋아하지 않는 나의 일상들이 푸석거리며 먼지를 일으키는데, 그녀의 추억담은 가을 햇살에 녹아들어 가파른 포장길을 운치 있게 만든다. 소통이 된다는 것은 정신적인 안온함을 나누는 일인데 오늘은 햇살조차 곱다.

불현듯 장르가 다른 문인들이 북대암을 찾기로 한 건 파장이 통했다는 의미가 아닐까. 아직은 서로의 깊이를 잘 모르지만 같은 곳을 바라보며 걷는 자들만이 공유할 수 있는 즐거움은 크다. 흔들림 없는 모습으로 제 영역을 확고히 지키며 살아가는 문우들을 바라보며 나는 청명한 하늘이었다가 거침없는 바람이기도 하고 속으로 흐느끼는 억새가 되기도 하며 비탈길을 오른다.

벼랑에 둥지를 튼 제비집 같은 정겨운 북대암, 작은 마당에 배를 깔고 누운 가을 햇살을 깨우며 동화작가가 익숙하게 대웅전을 향하고 우리는 그녀를 따른다. 준비해 온 떡을 다소곳이 제단에 올리는 시조 시인, 가톨릭 신도인 문우도 자기를 낮추고 절간의 법도를 따라 절을 한다. 예수님과 부처님이 손을 잡는 훈훈한 시간이다.

가파른 계단 위 작은 전각에는 독성각과 산신각 현판이 나란히 붙어 있다. 뒤로는 거대한 바위 봉우리가 신비로움을 더하고, 법당은 햇살의 품에 안겨 잠든 듯 고요하다. 북대암에서 가장 기돗발이 영험하다는 독성각의 동자승 앞에서 또 나란히 기도한다. 함께 한 문우들의 건강과 문운을 기도할 수 있는 이 시간이 참으로 감사하다.

숨어 있듯 열려 있는 산길을 따라 바위 앞에 이르면 운문사와 북대암이

북태암에서 내려다본 운문사

한눈에 보인다. 거대한 바위 어딘가에 스님과 보살의 사리가 봉안되어 있다고 한다. 수행을 열심히 한 스님이 열반에 들면서 사리가 나오면 북대암 뒤 바위에 안치하라는 유언에 따라 모셔진 것이다. 그리고 아랫마을 노보살이 평생을 눕지 않고 염불하여 생시에 치아에서 사리가 나와 이곳에 봉안되었다고 하니 옷깃을 여밀 수밖에 없다.

정갈한 나무데크에 앉아 내려다본 운문사는 한 송이 연꽃이다. 산으로 둘러싸인 운문사, 그 청렴한 정수리가 향기롭게 빛난다. 노송 아래에서 좌선하듯 앉아 홀로 시간을 보내고 싶다. 숱한 잡념들은 솔바람에 씻겨 나가고 온몸에 나무향이 배일 것만 같다. 커피 한 잔을 마시며 서로의 눈빛에 젖어들고 싶은데 쉽지 않다. 뒤에 오는 사람에게 자리를 양보할 수밖에 없다.

구절초가 한들거리는 볕 좋은 산기슭을 따라 내려오는데 앞서 간 동화작가의 나지막한 소리가 들린다. "스님, 스님." 요사채 방문 앞에서 노스님을 부르는 그녀의 자태가 가을 들꽃을 닮았다. 굳게 닫힌 방문은 끝내 기척이 없다. 어떤 상황에서나 사람을 먼저 섬길 줄 아는 배포 크신 노스님, 법춘 스님을 뵙고 싶었는데 아쉬움이 크다.

들어올 때 공양주 보살이 내다준 홍시가 여태 평상 위에서 우리를 기다리고 있다. 여전히 인심 좋은 북대암이다. 노스님의 안부를 여쭙자 보현사로 감을 따러 가셨다며 특별히 떡까지 내온다. 평상에 앉아 홍시와 떡을 먹는다. 물 귀한 북대암에 감로수 대신 글귀 하나가 마음을 헹구라고 자꾸만 눈빛을 빛낸다.

"세상에서 제일 어려운 것이 내가 나를 바꾸는 것이고, 세상에서 제일 쉬운 것 또한 내가 나를 바꾸는 것이다."

대화를 나누면서도 뚫어지게 나를 쳐다보는 글귀에 붙잡혀 꼼짝을 못한

바위 봉우리 아래 자리잡은 독성각.

다. 스스로의 단점을 극복하려고 노력하지만 연거푸 좌절감만 맛본 나에게
는 멀고도 난해한 글이다. 무엇이 문제일까? 어느 스님은 카르마라는 쳇바
퀴에서 벗어나는 길은 부단한 수행뿐이라고 하셨다.

　귀한 오늘, 되담을 수 없는 숱한 말을 뱉어낸 벌로 북대암이 안겨 준 숙제
하나 무겁다. 돌아오는 발길에는 가는 계절이 채여 비틀거리며 쓰러지고
문우들에게서는 잘 익은 시향(詩香)이 난다. 특별했던 가을날의 하루가 추
억 속에 또 둥지를 튼다.

아주 작은 인연에도 부처님이

보은 법주사 복천암

속리산의 주말은 발 디딜 틈이 없다. 법주사 선원에서 동안거에 들어가셨던 스님의 부름이 없었다면 감히 차로 들어설 엄두조차 내지 못할 곳이다.

차로 옮길 짐이 있어 인파를 헤치며 들어서는 일은 쉽지 않다. 몇 번이나 검문 받듯 상황을 설명한 후에야 비상등을 켜고 나아갈 수 있었다. 법주사에 대한 기대감보다 특혜를 누리는 듯한 불편함이 더 크다.

법주사 뒤편에 자리한 선원에는 인적조차 없어 몸과 마음이 조심스럽다. 동안거가 끝났지만 여전히 선원을 지키며 수행하는 스님들이 계셔 외부인은 함부로 들어갈 수가 없다. 먼 길 온 내게 법주사 공양을 대접하겠다는 스님의 말씀에서 가을 향기가 난다. 스님은 법주사에 처음 온 나를 배려해 지름길을 두고 천왕문 쪽으로 이끄신다.

샛노랗게 물이 든 은행잎들의 황홀한 잔치판에 시린 눈을 뜰 수가 없는데 스님의 걸음은 무심하게도 빠르다. 카메라에 법주사의 가을을 마음껏 담고 싶다. 모처럼 서 보는 거대한 사천왕상 앞에서 잠시 세속의 때를 씻어내고 싶다. 국보급 문화재들도 둘러보고 싶은데 스님의 걸음은 흐트러짐이 없다.

사진으로만 보던 팔상전을 몇 번이나 힐끔거리며 인파 속으로 사라져가는 스님을 놓칠 세라 종종걸음을 쳐야 했다. 공양간에는 사찰 일을 돕거나 스님을 친견하러 온 방문객들이 공양 중이다. 푸짐하고 정성들인 공양 앞에서 잊고 지내던 공양의 기도가 나를 위로 한다.

보리수나무 두 그루가 지키는 대웅보전의 고색창연한 위엄 앞에서 잠시 숨 돌릴 여유를 찾는다. 중층으로 이루어진 법당 안에는 비로자나불을 중심으로 좌우로 석가모니불과 노사나불이 봉안되어 있다. 우리나라에서 가장 크다는 삼존좌불, 그 인자하고 근엄한 눈빛이 나를 내려다보신다. 나는 무엇을 위해 스님의 부름을 받고 이곳까지 한걸음에 달려왔는가. 화두처럼 와서 박힌다.

인파에서 벗어나 고즈넉한 암자를 보고 싶다고 하자 스님이 산내 암자 중 가장 깊은 역사를 지닌 복천암을 소개해 주신다. 단풍과 등산객들로 활기가 넘치는 잘 닦여진 시멘트길이 우리를 안내한다. 하지만 그 어디에도 길은 보이지 않는다. 거대한 출렁거림을 따라 사람들은 걷고 있다. 인적 없는 시간이 길을 오르면 내가 가야 할 길이 보일지도 모른다.

사람들이 붐비는 세심정을 지나고 이 뭣고 다리 건너편 산비탈에 복천암(福泉庵)이 보인다. 문장대로 향하는 거친 숨소리는 멀어져 가고, 나이를 가늠할 수 없는 느티나무 서너 그루가 처연한 자태로 복천암의 깊은 역사를 말해 준다. 이곳은 법주사의 암자로 신라 선덕여왕 때인 720년에 창건된 사찰이다.

고려 공민왕이 극락보전에 '무량수'라는 편액을 친필로 썼으며, 세조는 이곳에서 신미대사와 함께 3일 동안 기도드리고 목욕소에서 목욕을 하여 피부병이 낫자 절을 중수하도록 이르고 '만년보력(萬年寶曆)'이라 쓴 사각

복천암 입구를 지키는 오래된 나무들.

옥판을 하사하였다고 한다. 신미대사에게 왕사이자 혜각존자라는 호를 내리고 존경심을 표한 세조, 몸의 병뿐만 아니라 마음의 병까지 치유되었을 세조의 아름다운 인연을 복천암은 간직하고 있다.

이곳은 속리산의 배꼽에 해당하는 명당 자리다. '나랏말싸미' 영화를 접한 적이 없는 내게 산중에 계시는 스님이 영화에 비친 신미대사 이야기를 풀어내신다. 수행뿐만 아니라 빠르게 변화하는 세계 정세까지 두루 관심의 끈을 놓지 않는 스님은 30년이 넘는 세월을 오로지 선방에서 수행만 하셨

나한전 가는 길.

지만 어느 부분도 막힘이 없다.

복천암은 여느 암자와는 달리 선원 뒤로 극락보전과 산신각이 숨어 있듯 앉아 있다. 절 이름과 관련 있는 복천수가 흐르는 바위 옆에 극락보전이 있다. 궁궐의 많은 어의들이 고치지 못한 세조의 병을 고친 복천암, 그 유명세에도 불구하고 가을 경치에 밀려 아미타삼존불이 쓸쓸히 법당을 지키고 있다.

일반인에게는 출입이 금지된 나한전 쪽을 스님이 안내해 주신다. 산신각을 지나 모퉁이를 돌자 조실 스님이 머무는 요사채와 나한전이 후원처럼 아늑하다. 기와를 얹은 작은 문 안으로 숨이 멎을 것 같은 오랜 기다림 하나, 남들이 드나들지 않는 문을 통해 나를 기다리는 부처님이 보인다.

조용히 합장한 채 문턱을 넘지 못하는 나와 달리 스님은 벌써 긴 계단을 올라 나한전 문 앞에서 예를 갖추신다. 홀로 돌아앉은 이 쓸쓸한 고립의 풍경이 주는 울림은 크다. 가슴이 먹먹하다. 나한전 뜰 앞에 앉아 하나의 계절로 나투시는 부처님을 오래도록 뵙고 싶은데 스님은 아무 말씀도 없이 사라지셨다. 눈물이 날 것 같은 경이로운 만남, 그 여운은 길 것이다.

아쉬운 마음을 달래며 후원을 빠져나오는데 뜰 위에 놓인 조실 스님의 털신 한 켤레가 마음을 붙든다. 외롭고 고독한 수행, 거기 범접할 수 없는 아름다운 세계 하나 머문다. 화두가 풀린다. 하마터면 드러나는 현상에 취해서 이 가을을 송두리째 놓칠 뻔했다. 올가을은 유난히 갈증이 심했다.

나태해지거나 흔들릴 때마다 다양한 모습으로 나를 지켜 주시는 부처님, 비로소 스님의 부름 속에 깃든 참뜻을 알아차린다. 무시로 나를 성장시키는 소중한 인연들, 무심히 걸어가는 스님의 뒷모습이 가을보다 아름답다.

이 계절도 기러기 날아가듯

울산 석남사

떠나는 가을이 아쉽다. 일주문 안에는 늦가을 풍경이 전하지 못한 인사를 부여잡은 채 우리를 기다린다. 초췌한 계절의 끝자락과 잔뜩 흐린 하늘, 사람들의 발걸음에는 약간의 고독과 우수가 실려 있다.

유모차를 탄 손녀의 손에 들려진 나뭇잎 하나, 돌 지난 아이가 한참을 들여다보고 코로 가져가 냄새도 맡는다. 그리고는 손에서 놓지 않는다. 이 작고 아름다운 교감을 바라보며 모든 생명은 하나로 연결되어 있음을 느낀다. 대화를 나누다 수시로 찾아드는 적적함에 가끔은 까칠한 허공을 응시할 수 있어서 좋다.

곧게 뻗은 700미터의 거리가 지겹지 않다. 누구나 자연 속에 서면 몸과 마음은 넉넉해지고 상대의 마음을 살필 줄 아는 배려심도 생긴다. 몸살과 감기 기운으로 힘든 몸을 추스르고 나온 나도 자연의 섭리 앞에서는 겸허해진다. 우리는 각자의 방식으로 계절을 즐기며 반야교를 건넌다.

석남사(石南寺)는 통도사의 말사로 헌덕왕 16년(824년), 최초로 우리나라에 선을 도입한 도의 선사가 호국기도 도량으로 창건한 선찰(禪刹)이다. 창건 당시 화관보탑(華觀寶塔)의 빼어남과 각로자탑(覺路慈塔)의 아름다움이 영남 제일이라고 하여 석남사(碩南寺)라 하였다고 한다. 가지산의 별

대웅전과 삼층석탑.

명이 석안산(碩眼山)이기 때문에 석안사라 하였다는 설도 있다.

하지만 임진왜란으로 전소된 뒤 몇 번의 중수를 거치고, 6·25전쟁 이후에 폐허가 되었던 절을 1957년 비구니 인홍이 주지로 부임하면서 크게 증축하여 비구니 수도처로서 각광 받고 있다. 대한불교 조계종 최대 규모의 비구니 종립특별선원으로 정수원, 금당, 심검당 등 세 곳의 선방에서 비구니 스님들이 수행하고 있다. 정수원은 여느 선방처럼 동안거와 하안거 결제, 해제를 지키지만 금당은 해제가 따로 없이 수좌 스님들이 모여 정진하고 있으며 심검당은 노스님들이 자유롭게 수행한다고 한다.

침계루를 지나 경내로 들어서면 석가탑을 닮은 삼층 석가사리탑이 크지 않은 마당을 지키며 우뚝하다. 스리랑카 스님이 가져온 사리를 모셔 놓은 대석탑이다. 대의선사가 세웠다는 소석탑은 이 절에서 가장 오래된 전각인 극락전 쪽으로 돌아가면 만날 수 있다. 연륜이 쌓인 탑은 뒤로 보이는 선방

일주문에서 이어지는 아름다운 숲길.

때문인지 정숙한 여인과도 같은 품격이 흐른다.

작지 않은 사찰이지만 전각의 위치나 정원의 짜임이 빈틈없이 아름답다. 영남 알프스라 불리는 영남 9봉 중 가장 높다는 가지산이 넉넉하게 절을 품어 주어 어느 곳을 둘러보아도 아늑하고 평화롭다. 사람들의 발길이 끊이지 않지만 절은 한순간도 흐트러짐 없이 조용하다.

대웅전 뒤로 난 계단을 따라 오르면 도의국사의 사리탑이라고 전해지는 보물 제369호 승탑이 나온다. 정갈하게 비질이 된 돌담길을 따라 걷다 보면 모든 번뇌가 사라진다. 스님 한 분이 정원에서 풀을 뽑으며 통화하는 소리가 들린다. 멀리 사는 스님과 안부 인사를 나누는 흔하디흔한 대화가 마음을 아리게 한다. 육신을 절집에 가두고 사는 스님들의 절제된 삶 속에 녹아든 각별한 동료애가 유난히 애틋하다.

삶은 인연의 늪이며, 대부분의 인연은 그리움을 동반한다. 마음속에 달처럼 떠오르는 사람이 있다면 이 가을 마음껏 그리움에 젖어들고 싶다. 젊은 날, 친구와 둘이서 탑돌이를 하던 승탑이 변함없이 거기 그 자리에 서 있다. 그때는 재미삼아 해보던 탑돌이였다. 문득 내 생활 반경에서 멀어져 간 친구의 소식이 궁금하다.

나이가 들수록 만남이 조심스럽다. 친한 벗을 잃고부터는, 남은 인연조차 이별의 무게로 클로즈업될 때가 있다. 삶의 터전이 바뀌면서 새로운 범주의 사람들을 알게 되고 친분 있게 지내던 사람들과는 소원해졌다. 소식이 뜸하거나 끊어진 인연들도 나뭇잎 지고 새잎 돋듯 무탈하게 지내기를 기도한다.

두 손을 모으고 마음도 모아 탑돌이를 한다. 하나씩 떠오르는 인연들, 그들과 가장 아름다웠던 한때를 떠올리고 싶은데 서둘러 꿰맨 상처자국처럼 기억하고 싶지 않은 흔적들이 떠오르기도 한다. 좀더 사랑하고 배려하지 못했던 시간들도 보인다. 젊은 날엔 인연의 귀함을 몰랐다. 아둔했던 나에게 지혜의 눈은 언제나 한발 늦게 찾아오는 모양이다.

사색에 잠겨 승탑을 돌고 있는데 딸이 손녀를 안은 채 내 뒤를 따른다. 성큼성큼 따라오는 딸의 건강한 발길에 묻어나는 소원들, 해맑게 웃는 손녀의 하얀 앞니에 머무는 계절은 얼마나 눈부신가. 소소하고 작은 것들이 아름다운 날, 나를 성장시켜 준 모든 인연에 감사하며 탑돌이를 마친다.

반야교를 건너 내려오는데 계곡에 홀로 앉아 있는 한 남자가 쏠리듯 눈에 들어온다. 남자의 가슴속으로 하염없이 가을이 쌓인다. 그의 손에 들려 있는 하얀 수첩이 눈길을 끈다. 그는 분명 시인이거나 시를 사랑하는 사람일 것이다. 계절의 품에 영혼을 맡기고 앉아 있는 그에게 훌륭한 시적 영감이 내려앉기를 기도한다.

남과 나를 향해 마음이 모아지는 계절, 가을은 무언지 모를 허전함을 남긴 채 기러기 날아가듯 또 그렇게 우리 곁을 떠나고 있다.

지혜의 등불을 찾아

합천 해인사 원당암

해인사의 중후한 품격은 변함이 없다. 열세 개의 해인사 부속 암자들까지 모여 있는 가야산. 매표소를 지나면서부터 불국토에 들어선 듯 무심(無心)이 된다. 사람들이 몰리는 해인사를 지나쳐 무생교 너머 외길 끝에 앉아 있는 암자로 향한다. 해인사보다 더 오랜 역사를 가진 원당암(願堂庵)이다.

계곡 옆 푸른 이끼를 두른 거대한 바위는 인파당 스님의 자연석 사리탑이다. 백련암에 주석하던 인파당 스님은 살아생전 고매한 인품과 학문에 능하여 많은 분들로부터 무위자연의 도인이라 칭송받았다. 1846년 열반에 드시자 기대했던 사리가 나오지 않아 허탈감에 빠진 제자들이 나름의 견해들로 큰스님을 평하기 시작했다. 밤이 되자 다비식이 있던 마당에 오색 빛이 나타나 사라지는 곳으로 따라와 보니 바위 위에 스님의 사리가 놓여 있었다고 한다.

그제야 어리석은 분별심을 깨우쳐 주고 죽음 후에 자연으로 돌아가 바람처럼 묻히기를 원했던 스님의 깊은 뜻을 헤아려 바위 위에 구멍을 파서 스승의 사리를 모시게 된 것이다. 초겨울의 문턱에서도 굴하지 않는 푸른 이끼 때문일까. 바위는 어디에도 물들지 않고 진리를 찾아 정진하는 선승처

원당암 가는 길.

럼 범상치 않아 보인다.

신라 애장왕 3년(802년), 부처님의 가호로 공주의 난치병이 낫게 되자, 순응과 이정 두 대사의 발원으로 해인사가 창건되었다. 당시 왕은 서라벌을 떠나 원당암에서 불사를 독려하면서 국정을 보았으며, 이로 인해 원당암을 '수도 서라벌의 북쪽에 위치한 궁궐'이라는 의미에서 북궁(北宮)이라 불렀다.

창건 당시에는 이곳의 산 모양이 봉황이 날아가는 모습을 한 비봉산(飛鳳山) 기슭에 위치해 봉서사(鳳棲寺)라 이름하였고, 진성여왕 때부터 본격적인 신라 왕실의 원찰(願刹) 역할을 하여 원당암이라 불렀다. 또한

1887년 전후에는 원당정토사(顚堂淨土寺)라 칭하여 중창불사와 함께 염화만일회를 결사하여 국난극복을 발원하였다.

아름드리 팽나무와 하늘을 찌를 듯 곧게 뻗은 전나무가 산문을 대신하고, 이내 크고 작은 전각들이 청정한 경지에 이르렀음을 알린다. 묵언수행하듯 서 있는 고목들이 암자의 규모와 역사를 말해 주는데 절은 조용하다. 묵직한 고요가 나를 긴장시킬 때, 까마귀 울음이 정적을 깨며 숲을 흔든다.

지혜의 칼을 찾는 집, 심검당(尋劍堂) 뒤쪽에 중심 전각인 듯한 보광전이 숨어서 기다린다. 고요 속에서 빛나는 아름다움이 보인다. 작은 법당의 꽃문살이 애써 쓸쓸함을 들키지 않으려 유난히 화려하다. 매화와 모란, 소나무, 학 들이 펼치는 무한 긍정의 세계는 추운 날이 와도 흔들림이 없으리라.

법당 안에는 목조 아미타삼존불과 해인사에서 주석한 아홉 분의 고승 진영이 모셔져 있다. 누군가 피워 놓은 향이 법당 안을 경건하게 밝히고 나는 남편과 나란히 백팔배를 시작한다. 향 내음이 게으름으로 괴로워하는 세포들을 깨운다. 깨달음을 구하기 위해 모든 유혹을 물리치고 살다간 선사들의 향기를 더듬는 동안 내 기도는 싸늘하게 식어 가도 좋다.

보광전 앞을 지키는 보물 제518호인 점판석 다층탑과 석등은 단아하면서 공예적 수법이 뛰어나다. 벼루 만드는 데 사용되는 점판암을 화강암 위에 탑신으로 세운 다층석탑은 현존하는 것 중 가장 오래된 것으로 보고 있다. 감로수 떨어지는 소리에 귀 기울이고 있는 석탑과 석등, 지난했던 시간들이 응축되어 빛난다.

미소굴이 있다는 안내판을 따라 계단을 오른다. '공부하다 죽어라'는 혜암 큰스님의 사자후가 죽비가 되어 내려친다. 평생을 눕지 않는 장좌불와(長坐不臥)와 하루 한 끼만 공양하며 용맹정진하신 큰스님의 서늘한 기운

보물 제518호 점판석 다층탑.

을 미소굴은 흐트러짐 없이 간직하고 있다.

비상하는 봉황의 모습으로 가야산의 정기를 받아들인다는 최고의 전망대 운봉교에 서자 법보종찰 해인사가 손닿을 듯 가깝다. 오랜 세월, 수많은 선지식들이 하나의 화두를 붙잡고 머물다 간 신성스러운 수행도량, 그 엄숙한 눈빛과 마주한다. 가야산을 감고 있는 상서로운 기운들이 잡힐 것만 같아 오래도록 자리를 뜰 수가 없다.

그런 나를 달마선원이 뒤에서 지켜보고 있다. 생전에 큰스님이 재가불자들에게 참선을 가르치던 시민선방, 그 침묵 앞에서 나도 침묵할 수밖에 없다. 바쁜 일상 속에서도 지혜의 빛을 찾아 먼 길을 달려왔을 사람들, 봄날이 오면 저 선방의 댓돌 위에 내 신발 한 켤레도 안부를 여쭐 수 있다면 좋겠다.

무엇을 위해 살아가야 할지 좀더 뚜렷하게 보인다. 요즘 의도치 않게 당면하는 문제들과 우연히 만나지는 선지식들, 그것은 우연이 아니라 필연인지 모른다. 아무리 힘들고 캄캄해도 변하지 않을, 그런 당신 내 안에 함께 하라고 이곳으로 이끈 이는 누구일까?

청량한 바람이 인다. '공부하라'는 거룩한 말씀 하나 품고 무생교를 건너는데 어떤 부부가 말을 걸어온다. "원당암에도 볼거리가 있던가요?" 선뜻 답을 할 수가 없다. 그들이 찾는 것은 무엇일까? 나란히 암자로 향하는 사람들, 그들의 돌아 나오는 발걸음에도 지혜의 등불 하나 켜질 수 있다면 좋겠다.

비탈에 서도 외롭지 않은 그대
경주 주사암

오봉산은 신라 선덕여왕 때 백제의 군사들이 여근곡(女根谷)에 숨어 있다 격퇴된 곳이며, 부산성(富山城)이 있어 경주의 서쪽을 방어하는 중요한 군사요충지였다. 뿐만 아니라 화랑 득오곡이 죽지랑을 그리워하며 '모죽지랑가'를 지은 곳이기도 하다. 그 오봉산 정상 아래 숨어 있는 주사암(朱砂庵)을 찾아 산길을 오른다.

'53 선지식의 돌탑' '번뇌가 사라지는 길'이라는 팻말과 작은 돌탑들이 썰렁한 겨울 산길을 밝힌다. 섬세한 손길은 이내 담력 시험이라도 치르듯 53굽이의 아찔한 경사길로 이어진다. 조금만 방심하면 굴러 떨어질 것 같은 산길을 비틀거리며 차가 오른다. 마주 오는 차와 교행할 수 있도록 중간중간 길어깨를 만들어 놓았지만 긴장의 끈을 놓을 수가 없다.

겨울 응달에 기대선 나목들의 침묵, 그 사이로 얼어붙 듯 숨죽인 허공이 우리를 지켜본다. 선재동자가 53명의 선지식을 친견하기 위해 거쳐 간 험난한 과정을 떠올리는 동안 내 나약한 숨결에도 기도가 실린다. 산 위 주차장에 이르렀을 때, 스피커에서 마중 나온 염불 소리가 그렇게 반가울 수가 없다.

불국사의 말사로 신라 문무왕 때 의상대사가 창건한 주사암은 투구 모양을 한 오봉산 정상(685m) 바로 아래에 자리잡고 있다. 주사암은 풍수지리학적으로 투구의 안쪽에 들어가 있는 형국이라 에너지가 빠져나가지 못한다고 한다. 절 입구 양쪽에는 커다란 석문이 불이문 역할을 하며 서 있다.

조심스럽게 경내로 들어선다. 작은 법당 뒤로 투구 모양의 바위가 주사암을 보듬고 앞으로는 부산성이 든든하게 막아 주고 있다. 활짝 열린 법당문 안으로 겨울 햇살 홀로 부처님 진신사리를 친견하고 나는 염불 소리에 젖어 산사의 풍경에 몸을 맡긴다.

산악용 자전거를 탄 남자가 안장에서 내리지 않고 법당 앞까지 밀고 들어오는 바람에 평화롭던 공기는 달아나고 말았다. 잠시 인드라망의 그물이 출렁이며 파동을 일으킨다. 아무렇지도 않게 자전거를 어깨에 메고 마당바위 쪽으로 사라지는 그의 당당한 발걸음과 근육질 몸매가 안쓰럽다. 상호 배려와 겸손의 깨달음은 그토록 멀고 힘든 것인가.

경내를 둘러보다 나도 마당바위로 향한다. 까마득한 절벽 위, 툭 트인 산과 허공을 배경삼아 자전거로 한껏 멋을 내며 사진을 찍는 사람들, 근처에 '드라마 선덕여왕 촬영지'라는 안내문이 보인다. 날렵한 동작으로 무술을 연마하는 화랑들의 기상이 들릴 듯 하고, 주사암 설화 속에 등장하는 좌선 중인 도인의 모습도 아른거린다.

저 너른 허공의 품에 안겨 나도 참선하듯 앉아 있고 싶다. 조용한 날 다시 오리라 마음먹고 돌아오는데 어느 보살님이 국수 공양을 하고 가라며 인사를 건넨다. 매주 일요일은 무료로 국수 공양을 한다는 안내문이 생각났다. 모락모락 김이 피어오르는 소박한 건물을 바라보다 용기를 내어 들어섰다.

공양간을 가득 메운 사람들, 그 사이로 국수를 삶아 건져내느라 분주한 봉사자들이 보인다. 그저 받기가 조심스럽다. 국수에 육수를 붓고 갖가지

주사암 옆 마당바위.

고명을 얹어 구석진 자리에 앉는다. '몸과 생각이 자유로워지는 곳. 이 공양 받으시고 하루빨리 도업 이루소서' 걸어놓은 현수막에서 주사암의 마음을 읽는다. 귀한 음식을 앞에 놓고 고작 '오관게'를 읊고 있는 나, 편안함에 길 들여진 마음조차 남루하다.

담백한 육수와 갖가지 고명이 어울린 국수에서 정갈한 산사 맛이 난다. 주지 스님이 어떤 분인지 뵙고 싶다. 삶의 근간인 밥의 힘을 알고 사람을 제 대로 섬길 줄 아는 분이리라. 산문 걸어 잠그고 참선하는 수행에도 높은 뜻 이 숨어 있지만 대중들과 호흡하며 부처님의 가르침을 실천하는 수행은 세 상을 좀더 낮고 가깝게 만들 것이다.

뒤늦게 대웅전 법당에서 백팔배를 올린다. 어느 때보다 진지하다. 보살 행을 실천하는 불자들의 짧은 인사가 문턱을 넘나들고 겨울 햇살이 내 등 을 어루만진다. 진정한 보살은 의지하는 것이 없어 즐거움이나 기쁨을 구 하지 않으며, 선정의 결과로 색계천에 태어나지 않는다고 한다. 긴 겨울 앞에 선 암자가 쓸쓸해 보이지 않는다.

주지 스님을 친견하는 일은 그리 어렵지 않았다. 서구적인 외모와 소탈한 인품의 효웅 주지 스님은 어디에도 걸림이 없다. 산문 근처에 목사님의 시를 걸어놓을 정도로 열린 마음을 가진 분, 53굽이의 산길을 손수 청소하고 불자들을 맞으며 무료 공양 해 오신 지가 벌써 5년째라고 한다.

스님은 무료 공양의 덕을 옆에 앉은 송경규 회장과 봉사자들, 소식을 듣고 다시마와 국수를 보내주시는 분들의 공으로 돌린다. 보이지 않는 곳에서 자비와 사랑을 실천하는 사람들, 송 회장의 맑은 눈빛과 동안의 비결을

중심 전각인 대웅전.

알 것 같다. 주사암과 스님에 대한 애정이 보살행으로 이어진 것인지, 그의 보살행으로 주사암과 스님을 사랑하게 된 것인지 알 수 없다.

선지식은 그리 멀리 있지 않다. 묵묵히 선업을 닦는 사람들을 통해 부처님은 오시리라. 이곳에서는 높고 낮음, 삶과 죽음, 차안과 피안의 경계가 모호해진다. 보름달이 뜨면 마당 바위에 도인처럼 앉아 계실 효웅 스님을 떠올려 본다. 이보다 더 아름다운 적막이 있을까?

부처를 생각하면 부처가 보이고

곡성 태안사

유순한 보성강 줄기를 따라 겨울 햇살이 반짝이며 따라온다. 보성강을 건너 잡목 숲 사이로 접어들자 차는 마른 먼지를 일으키며 힘들게 나아간다. 그토록 그리던 태안사(泰安寺) 가는 길은 온통 그리운 파문을 만들고 있다.

작은 주차장에 차를 세운 건 지붕 있는 다리, 능파각 때문이다. 정면 1칸 측면 3칸의 맞배지붕을 한 능파각은 850년 혜철국사가 지었지만 파손되어 1767년에 복원했다. 누각이면서 다리의 역할을 동시에 해내는 아름다운 건축물에서 선인들의 여유와 풍류를 읽는다. 능파각 아래로 펼쳐지는 계곡의 풍경과 물소리에 저절로 번뇌가 사라진다. 나는 큰길을 두고 능파각에서 일주문까지 이어지는 옛길을 걷기로 했다.

피안으로 가는 길이 있다면 이렇지 않을까. 차고 딱딱한 콘크리트 길이지만 이상하게 편안하다. 낙엽 하나 떨어져 있지 않은 정갈한 길, 곧게 뻗은 전나무들의 선한 눈빛과 인사를 나누다 보니 일주문이 보인다. '동리산 태안사', 일주문 편액에는 그린 듯 편안한 성당 김돈희의 서체가 담겨 있다. 고전적인 묵직함보다 세련미가 돋보이는 서체가 잘 어울리는 사찰이다.

산세가 오동나무 속처럼 아늑해서 오동나무 속이라는 뜻을 가진 동리산,

성당 김돈희의 서체가 아름다운 일주문.

그 깊은 곳에 보금자리를 꾸민 혜철국사의 풍수적 안목은 가히 뛰어나다. 사찰은 지나치게 웅장하거나 화려하지 않으며 중용의 도리를 몸에 익힌 군자처럼 기품이 넘친다. 부드러운 고요 속에 잠든 경내, 발걸음 소리에 산사가 깰 것만 같아 조심스럽다.

화엄사의 말사로 대안사(大安寺)라고도 불린 태안사는 신라 경덕왕 원년(742년)에 세 분의 신승(神僧)이 창건하였다. 백여 년 뒤 문성왕 9년(847년), 적인선사 혜철국사가 동리산문을 열고, 고려 태조 때 광자대사가 중창하여 동리산파의 중심사찰로 삼았다. 조선 초 효령대군이 머물기도 했으며 송광사와 화엄사를 말사로 거느릴 정도로 사세가 컸지만 6·25전쟁 때 전각이 불타 대부분 복원한 것이다.

겨울 산사답지 않게 바람 한 점 없이 안온하다. 풍경마저 잠든 고요한 경내를 걷는 동안 알 수 없는 향수가 가슴을 파고든다. 흔한 법구경이라도 흐

태안사와 삼층석탑을 비추고 있는 연지.

를 법한 휴일, 절은 굳게 침묵하고 있다. 선원으로서의 품격을 잃지 않는 꼿꼿한 자존심과 시대에 편승하지 않는 올곧음이 보인다. 단청 없는 염화실과 선원, 머리 숙여 들어가야 만날 수 있는 혜철국사의 부도비, 독백처럼 흐르는 기운들 속에 붉은 열매를 맺은 남천이 인적 없는 산사를 지킨다.

보제루에는 사계를 담은 사진들이 쓸쓸히 축제를 벌이고 목어의 눈빛은 먼 곳을 더듬는다. 우리가 그토록 소중히 여기고 추구하던 고결한 정신과 영혼은 어디로 갔는가? 우리는 무엇을 향해 떠밀리듯 가고 있는가? 물질과 정보의 홍수에 밀려 철학의 빈곤으로 신음하는 사회, 그 아픔조차 무디어 가는 현실이 안타깝다. 내 불안한 상념과 달리 태안사는 조급함에 휘둘리지 않고 확신에 찬 듯 초연하다.

대웅전 법당 문을 열자 일렬로 걸려 있는 스님들의 가사가 유난히 따스하게 안겨든다. 정갈하게 깔린 카펫, 은은한 자연 채광으로 인한 아늑함에 이끌려 백팔배를 시작한다. 혜철선사와 도선국사가 득도한 수도 도량, 무아 무소유의 삶을 몸소 보여주신 선지식 청화 스님의 아름다웠던 시간들, 그때의 영화가 다시 태안사에 머물기를 기도한다.

수년 전 정만 스님이 스승이신 청화 스님의 수행법에 관한 책을 주시면서 맺게 된 작은 인연이 오늘 나를 이곳으로 이끌었다. 장좌불와(長坐不臥)의 수행과 고매한 정신과 인품으로 많은 이들에게 존경받던 청화 스님, 생전에 친견한 적은 없지만 서적과 법문을 통해 감동 받은 후 나는 불교에 관심을 가지고 빠져들게 되었다.

염불심시불(念佛心是佛), 참다운 진리는 우주에 가득 차 있어서 부처를 생각하는 그 마음이 곧 부처일 수밖에 없다는 말씀이 좋았다. 하지만 몇 년이 지나도록 분별과 시비심에 사로잡혀 중생의 선을 조금도 넘지 못하고 있다. 부처와 중생의 차이를 아는 것은 쉽고 간단한데 그 경계를 넘는 일은 이토록 어려운 일이다.

마음과 부처는 둘이 아닌데 내 구분하는 마음은 언제쯤 내려질 것인가. 날마다 백팔배를 하면서도 뜬구름 같은 감정에 휘말려 진여불성(眞如佛性)을 놓치고 살아가는 나를 돌아본다. 쉽다고 일러주신 스님의 말씀과 달리 근본자리를 지키는 일은 멀고도 험하다. 오늘만큼은 청화 스님을 기리며 참마음으로 시주를 하고 기도를 한다.

법당을 나오자 태안사의 반듯한 어깨 위에 얹힌 밝은 미래가 보인다. 200여 미터 산길을 오르면 한때 수행하는 스님들로 북적였던 선원이 있다고 들었지만 애써 궁금함을 누른다. 우주의 기운은 모든 중생을 본래의 성품 자리로 돌아오게 하는 목적의식을 갖고 있다니 부질없는 걱정일지 모른다. 다만 동안거에 들어간 스님들의 용맹정진을 조용히 응원할 뿐이다.

청화 스님이 중창불사를 할 때 젊은 스님들이 손수 지겟짐을 져나르며 만들었다는 연지, 커다란 연못 안에 부처님 진신사리가 모셔져 있는 삼층석탑과 태안사가 스스로를 비추고 있다. 두 손을 모으고 아미타불을 외며 연못을 돈다. 염불과 참선은 둘이 아니라는 청화 스님의 말씀이 내 어깨를 토닥인다.

절제 속에서 빛나는 완강함

남원 실상사

지리산 서쪽 들판에 천왕봉을 바라보며 살아가는 절이 있다. 천왕봉과 반야봉, 덕유산맥의 봉우리들로 둘러싸여 연꽃의 꽃밥 자리에 위치한 실상사이다. 일주문을 대신하는 해탈교를 건너도 익숙한 차안의 고리는 그대로 따라온다. 익살스러운 표정의 세 돌장승을 지나고 천왕문을 들어설 때까지만 해도 불국토는 멀어 보였다.

실상사(實相寺)는 신라 흥덕왕 3년(828년), 홍척 증각대사가 창건한 사찰로 신라 구산선문 중 최초로 문을 열었다. 중국으로 건너가 제일 먼저 선법을 배워 온 이는 가지산문의 도의국사였지만 산문을 연 이는 실상산문의 홍척국사가 먼저라고 한다.

구산선문은 귀족, 왕실과 결탁하여 타락한 교종 불교에 반기를 들고 나말여초에 중국 달마의 선법을 수용한 선종 불교의 아홉 산문을 말한다. 교종 불교가 인과율에 얽매어 운명론적 인식을 가졌던 데 비해 선종은 누구나 마음을 깨치면 부처가 될 수 있다는 사상으로 신라 말 혼란기 때 실상산문을 최초로 형성하게 된다.

단일 사찰로는 국보 1점과 보물 11점으로 가장 많은 문화재를 보유하고 있는 천년 고찰이다. 하지만 정유재란 때 남원성이 함락되면서 실상사도 불타 버리고 백 년 가량 폐사처럼 방치되어 오다 숙종 16년, 크게 중창되었지만 고종 때 다시 소실 돼 1884년에 여러 승려들의 힘으로 10여 채의 건물이 중건되어 오늘에 이른다.

엄청난 양의 와편들로 이루어진 탑이 웅장했을 실상사의 옛날을 짐작케 한다. 멀리 정면으로 보광전이 보이고 그 앞에 보물 제37호 동서 삼층석탑의 정교한 상륜부가 추위 속에서도 꼿꼿하다. 둥근 장고 모양의 기둥과 소박한 듯 우아한, 보물 제35호 석등은 아담한 전각들에 비해 압도적인 크기를 자랑한다.

온갖 고난과 시련 속에서도 흔들림 없이 실상사를 지켜온 진리의 등불, 중생을 교화하기 위해 사찰을 환하게 밝혔을 석등 앞에 서니 스스로가 작아진다. 어둠이 찾아오면 의식을 치르듯 성스러웠을 숱한 점화의 순간들을 가만히 떠올려 본다.

마당을 흐르는 차가운 겨울 공기도 천년의 보물들 앞에서는 유순하기만 하다. 삼층석탑이나 석등에는 철재 보호막이 없지만 함부로 다가갈 수 없는 위용이 느껴진다. 하늘을 찌를 것만 같은 신라인의 기상을 안은 두 탑과 석등의 아우라가 뿜어내는 깊은 정적, 큰 상흔 없이 천년의 시간을 건너 교감할 수 있다는 것은 얼마나 은혜로운 일인가. 내 안에 흐르는 한국인의 혼이 자랑스럽다.

단청이 벗겨진 보광전의 수수한 자태 앞에서 신발을 벗지 않을 수 없다. 아미타삼존불 옆에서 광채를 발하는 범종, 종을 치는 부분에 일본 지도 모양이 있어 종을 치면 일본이 망한다는 설로 일제 말기에는 주지가 문초를 당하기도 했다고 한다. 마주치는 것들마다 스토리가 숨어 있어 과거로 시간여행을 하는 것만 같다.

천왕문에서 본 보광전.

경관 좋은 산속을 두고 하필이면 황량한 들판에 자리한 실상사, 그로 인해 마주해야 할 고난의 순간을 생각하니 가슴 한켠이 촉촉해져 온다. 이토록 많은 보물들이 큰 상흔 없이 천년의 세월을 살아 온 게 고맙고 대견할 뿐이다. 남아 있는 빈 터마다 과거의 영화와 아픔이 애틋하게 피어오른다.

천천히 옮기는 발걸음에 사색의 무게가 더해진다. 크고 웅장했던 옛 전각을 그려 보는 일은 그리 어렵지 않다. 옛 기단을 그대로 두고 그 위에 낮은 기단을 쌓아 아담하고 소박한 전각들이 자리잡았기 때문이다. 서둘러 절을 증축하기보다 최대한 옛 흔적을 간직하려는 진중함이 보여서 좋다. 적어도 전통과 현대가 어색하게 어울려 격을 떨어뜨리는 과오를 범하지는 않았다.

나라에 좋은 일이 있을 때마다 땀 흘리는 이적을 보인다는 영험한 불상이 봉안되어 있는, 실상사에서 가장 오래되었다는 약사전으로 향한다. 낮은 기단 앞에 놓인 댓돌 하나에도 생명력이 느껴지는데 약사전을 지키는 나목의 자태는 왠지 모르게 안쓰럽다. 법당 문을 열자 우리나라에서 가장 큰 철불이 좌대 없이 맨땅에 모셔져 있다. 실상산문의 2대 조사 수철화상이 4천 근의 철을 녹여서 만든 3미터의 거대한 철불이다.

천왕봉의 정기가 일본 후지산으로 빠져나가는 것을 막기 위해 이 자리에 모셨다고 하지만 수난의 시기도 있었다. 조선시대 지방 유생들의 방화로 가람이 불타는 비운을 맞자, 철불은 들판에 방치되어 인근 주민들에게 병을 고쳐 주는 약사여래로 숭배되었다고 한다. 나는 숙연한 마음으로 백팔배를 시작하고 법당 밖에서는 대나무들이 스산하게 울어댄다.

법당 문을 나서는 발걸음이 더 없이 차분하다. 이곳저곳 흩어져 있는 보물들을 찾아가는 발길도 엄숙해진다. 절제미가 뿜어내는 소박함, 그 속에 숨어 있는 의연한 기상, 새로운 것에 휘둘리지 않는 안정된 눈빛, 다양한 기운들이 자꾸만 가슴을 뭉클거리게 한다.

　짧은 겨울 해가 소나무 가지에 걸려 보석처럼 부서지자, 황량하던 실상사가 한껏 몸을 일으키며 다시 살아난다. 석양으로 지는 해가 명부전의 엄숙한 이마 위에 번지고, 차가운 겨울 공기로 초췌해 보이던 실상사의 낯빛도 환해진다. 오랜 시간을 머물렀는데도 돌아서는 발걸음은 좀체 가볍지가 않다. 나는 옷깃을 여미며 멀리서 실상사를 오래도록 바라보았다.

나타샤를 위해 눈은 나리고
고창 선운사 도솔암

겨울 민낯은 청렴해서 좋다. 나목들은 알몸으로도 흔들림이 없고 숲은 긴 침묵을 위해 기도 중이다. 꽃무릇은 화려한 영광을 위해 눈 속에서도 파란 잎맥을 지키며 정진하고 있다. 많은 사람들은 꽃무릇이 어떻게 겨울을 나는지를 모른다. 도솔암(兜率庵) 가는 길은 적막할 만큼 날카로운 성찰로 가득하다.

갑작스럽게 찾아간 탓인지 도솔암은 썰렁하다. 고즈넉한 운치보다 서글픔이 쩍쩍 들러붙는 겨울 암자지만 하룻밤 묵을 수 있어 좋다. 방은 오랫동안 비워 둔 탓에 보일러를 틀어도 쉽게 냉기가 가시질 않는다. 충전기를 챙겨 오지 못했는데 휴대폰까지 방전의 신호를 보내며 불안게 한다. 하룻밤을 재워 주신 지우 스님께 염치없이 도움의 문자를 보낸다. 그리고 어둠을 응시한다.

스님은 오시질 않고 느릿느릿 어둠이 먼저 몰려온다. 그 사이로 간간이 눈발이 찾아온다. 허전하던 겨울 산사에 갑자기 화색이 돈다. 어둠이 눈을 타고 자리를 잡기 무섭게 작정이나 한 듯 쏟아진다. 폭설이 내려 산사가 고립될지도 모르는 상황이다.

어설픈 상상을 염불 소리가 잠재운다. 명징하게 울려 퍼지는 소리를 찾아 나설 때, 순결한 눈들은 발밑에서 비명을 질러댄다. 비탈진 언덕에 있는 나한전이 진원지였다. 어둠에 싸인 나한전은 슬픔을 간직한 여인처럼 고독해 보인다. 비구니 스님이 홀로 기도 중이다. 철야기도를 한다던 불자들은 어디로 갔을까? 눈은 하염없이 쏟아지고, 목탁 소리에 스님의 뒤태가 아련하게 젖어드는 밤이다.

법당 문을 열고 들어설 자신이 없다. 눈 내리는 밤, 한 폭의 그림 같은 풍경을 마음에 담아 두고 싶다. 스님은 나한전 법당에서 목탁을 두드리고 친구와 나는 밖에서 윤장대를 돌린다. 천천히 윤장대가 돌아가자 어둠이 경전을 읽는다. 사박사박 눈도 따라 걷는다. 순결한 밤이다. 나는 어둠 속에서 걸어나오는 나타샤와 흰 당나귀를 보고 말았다. 멋진 싯구들이 가득한 경전을 보면 부처님도 시인이었음이 분명하다.

3년간의 짧은 사랑이었지만 세상을 감동시킨 백석과 그의 연인 자야를 이 낯선 골짜기에서 만날 줄이야. 천재 시인 백석의 술자리에 우연치 않게 참석하여 운명적인 사랑을 하게 된 기생 김영한. 사랑이라는 말이 사랑 밖에서 더 많은 시간을 서성인다는 걸 알고 있는 여자다. 사랑은 그런 거라고 자야가 속삭인다.

백석의 시는 자야가 있어서 더 아름답고 김영한의 삶은 백석이 있어서 빛났다. 김영한은 백석문학상을 만들고 천억 원대의 고급 요정 대원각을 길상사로 내어놓을 줄 아는 배포 큰 여인이다. 그들의 사랑은 짧고 애틋했지만 우리의 가슴속에는 묘한 그리움으로 승화되어 여전히 살아 숨쉰다.

천억 원대에 이르는 대원각이 백석의 시 한 줄보다 못하다는 그녀의 말은 어떤 시(詩)보다 가슴을 울리는 명문이다. 정신을 물질보다 더 귀하게 여길 줄 아는 그녀는 이미 뛰어난 시인인 것이다. 백석의 연인으로 기억되

눈 속에 갇힌 도솔암.

어서 자야는 행복했을까? 제대로 사랑할 줄 아는 멋진 여인, 자야를 잊지 못해 깊은 밤 선운산 골짜기에 눈이 쏟아진다. 하염없이 눈이 내리고 나는 윤장대를 돌리면서 그들의 애틋한 사랑을 생각한다.

도솔암의 밤은 점점 깊어간다. 염불 소리도 그치지 않는다. 나한전에 계신 비구니 스님도 속세의 달콤했던 인연들을 애써 지우고 있을까? 한쪽 귀퉁이가 날아간 석탑이 나한전 문앞을 지키며 함께 기도 중이다. 고난의 세월을 온몸에 두르고 기도로 채워졌을 상흔들, 아픔은 우리를 기도케 하고

눈 내린 나한전.

조금씩 성장시킨다.

눈이 내려 밤은 더욱 고요하다. 아픔과 하나 된 석탑도 잠이 들고 어느새 기도 소리도 그쳤다. 선운사에 계시던 스님이 설인이 되어 나타나셨다. 충전기와 붉은 홍시 두 개, 혹시나 추위에 떨까 봐 침낭까지 챙겨 오셨다. 미지근한 방안에서 문학을 이야기한다. 딱딱하고 난해한 설법보다 시가 주는 소통력이 크다. 오늘은 부처님이 시를 품고 선암산 골짜기로 오셨다.

잦아들었던 눈이 스님이 가실 무렵 함박눈이 되어 쏟아진다. 배웅을 나가던 우리는 모두 하늘 향해 두 팔을 벌리고 나무가 된다. 큰 눈송이처럼 몸이 가벼워져 오는가 싶더니 칠흑같은 어둠 속을 날기 시작한다. 한 마리 물고기가 심연을 헤엄치듯 자유롭다. 이렇게 홀가분한 마음으로 눈을 맞아 본 적이 언제였던가?

스님은 한 장의 엽서 속으로 사라지듯 눈을 맞으며 떠났다. 저절로 기도하게 되고 저절로 마음이 순결해지는 밤이다. 도솔암이 깊이 잠들 무렵, 방은 따끈따끈해졌고 우리도 깊은 잠에 빠져들었다. 눈은 꿈결에도 내렸다. 무릎이 잠기도록 하염없이 내렸다.

깊은 밤, 나는 자야 대신 백석을 만났다. 눈이 푹푹 쌓이는 밤 흰 당나귀를 타고 산골로 가자던, 바람처럼 부푼 헤어스타일이 잘 어울리는, 낭만적이고 섬세한 시인을 따라 나는 한참이나 걸었다. 눈은 푹푹 나리는데.

이른 아침 나한전 마당은 비질 자국이 선명하다. 윤장대도, 그 모퉁이를 지키는 커다란 마애불도 간밤의 일에는 관심이 없다. 그저 무심히 먼 곳을 바라보고 있다. 나무에 쌓여 있던 눈송이들이 후두둑 떨어지며 짧은 꿈을 털어내며 아침을 맞을 뿐이다.

늘 기도할 수 있다면
완주 화암사

꿈결에 다녀온 듯 어렴풋하지만 문득문득 사진첩을 펼쳐보듯 생각나는 절이 있다. 아름다운 오솔길, 속세를 등진 고독감이 눅눅하게 온몸으로 배어들던 산사, 벼르고 별러 겨울 화암사(花巖寺)를 찾아 나선다.

새파랗던 청춘이 고스란히 살아서 반겨 줄 것만 같은 곳, 하지만 먼 길을 달려 불명산 아래에 도착했을 때 모든 기대감은 무너져 내리고 말았다. 넓은 주차장과 맞은편으로 뚫린 포장길 앞에서 변화에 대한 예감은 적중했다. 신비롭던 오솔길은 넓고 완만해졌으며 희미한 기다림마저 사라져 버린 산길은 적적하기만 하다. 도솔천을 찾아가듯 몽환적이던 그 가을, 나는 세월의 흔적을 순례하듯 천천히 산을 오른다.

산은 가파르지만 길은 끝까지 친절하다. 계곡물도 폭포수도 하얗게 얼어붙었다. 한 그루의 고로쇠나무가 얼음 아래로 흐르는 물소리에 귀 기울이며 깨어 있을 뿐, 겨울 숲은 말이 없다. 군데군데 잉크자국이 번진 젊은 날의 일기장을 펼쳐보듯 두근거리는 마음을 진정시키며, 일말의 기대마저 무너져 내리지 않기를 기도할 뿐이다.

그토록 다시 만나고 싶었던 화암사 앞에서 선뜻 다리를 건너지 못하고 한참이나 서서 옛날을 회상한다. 먼 속삭임들이 하나둘 마중을 나오고 나

돌벽으로 막혀 있는 특이한 우화루.

는 몇 미터 앞에서 조각난 퍼즐을 맞추듯 기억들을 조립한다. 큰 나무들은 밑둥치만 남았지만 그 옛날의 애잔함은 보이지 않는다. 자기만의 세계가 확고한 선비처럼 절은 홀로 반듯하다.

밤새 눈발이 날렸나 보다. 응달에 남아 있는 잔설을 뒤로하고 절로 향한다. 사찰의 규모에 비해 높고 큰 우화루가 요새처럼 앞을 가로막는다. 절의 배치로 보자면 우화루를 누하진입식으로 통과하여 경내로 들어가는 게 제일 쉬운 방법일 텐데 이곳 우화루는 반누각식으로 만들어져 아랫부분은 돌벽으로 막혀 있다. 다만 요사채처럼 보이는 행랑채 쪽에 문이 붙어 있어 여염집을 연상시킨다.

요사채 댓돌 위에 놓인 털신 한 켤레와 스님의 지팡이로 보이는 알루미늄 폴대가 벽에 기대어 있을 뿐, 인기척이 없다. 겨울바람 홀로 우화루 처마 끝에서 풍경을 타고 논다. 꽃비가 내린다는 우화루, 그 이름 앞에만 서면 왜

우화루와 목어.

쓸쓸하고 처연해지는지 모르겠다. 지독히도 고독해 보이던 옛 기억과 달리 절은 엄숙하고 평온한 적요에 잠겨 아늑하다.

주인 없는 집을 기웃거리듯 조심스럽게 안마당으로 들어서면 ㅁ자 형식으로 전각들이 머리를 모으고 앉아 있다. 작은 마당을 중심으로 주법당인 극락전이 제일 높게 자리하고, 마주보는 우화루와 양옆에 적묵당이 서열대로 조금씩 키 높이를 달리한다. 탑 하나 없는 마당과 적묵당에 딸린 부엌문 때문인지 절집이라기보다 자식을 대처로 떠나보낸 노부부가 살아가는 시골집을 닮았다.

한마음으로 둘러앉은 전각들 사이로 깊고 깊은 시간들이 소리없이 살아간다. 절의 배치가 안정적이면서도 신비롭다. 외부의 나쁜 기운이 함부로 기웃대지 못하도록 경계라도 하듯 절은 폐쇄적으로 비쳐지기도 한다. 겨울 햇살 몇 줄기가 떨고 있는 우화루의 거친 마룻바닥, 투박한 나뭇결이 숨을 쉬는 목어, 적묵당 기둥에 박혀 날기를 꿈꾸는 나비 모양의 짜깁기까지, 누수된 세월의 흔적들이 가슴을 저리게 한다. 무욕(無慾)의 작은 마당을 가운데에 두고 서로가 서로를 향한 저 공(空)의 눈빛에서 나는 또 하나의 열린 세계를 만난다.

국보 제316호 극락전은 화암사의 주불전으로 중국과 일본의 건축에서 쓰이는 하앙 기법이 유일하게 우리나라에 남아 있는 건축물이다. 서까래가 빠져나온 처마, 그 밑에 길게 가로놓인 처마도리 밑으로 보이는 조각된 용머리들, 우리나라에서는 백제 건축에 주로 쓰였지만 모두 사라졌다고 한다. 절에 대한 연혁은 전해지는 게 없고 조선 초에 세워진 중창비에 원효대사와 의상대사가 머물며 수도했다는 내용만 전해진다.

적묵당 차가운 툇마루에 앉아 처마 끝으로 와 안기는 하늘을 올려다본다. 이 적막한 숲에도 여름이면 별들이, 겨울이면 새하얀 눈들이 소리 없이 안마당에 찾아와 예불을 볼 것이다. 묵직한 고요 속으로 나는 하염없이 빠져들어 간다. 산 속에 앉아 있으면서도 숲을 등지고 내면을 바라보며 살아가는 절, 화암사는 이름 그대로 바위 위에 피어나는 한 송이 꽃 같은 사찰이다.

극락전 법당 안은 바깥보다 훨씬 춥다. 손과 발이 시리지만 마음을 가다듬고 백팔배를 시작한다. 산사기행을 다녔던 지난 한 해는 부처님의 자비로 충만했던 날들이었다. 덧없이 지나가 버린 청춘이 쫓기듯 불안했다면, 지금은 새로운 희망과 목표가 있어 든든하다. 날마다 백팔배로 하루를 돌아보는 일은 이제 자연스러워졌다. 남은 세월, 소를 찾아가는 구도자의 자세로 한 걸음씩 성장할 수 있다면 좋겠다.

사찰에서 맛보는 은밀한 나와의 조우는 환상적이다. 뒤란에서 일렁이는 대나무숲, 한 자 한 자 떨어져 앉은 극락전 현판, 요사채를 지키는 늙은 모란에게도 두 손을 모은다. 말로 다할 수 없는 기도들이 내 안을 채우자, 우화루 처마 끝에서 댕강댕강 풍경이 운다.